新潮文庫

ワンダフル・ワールド

村山由佳著

新潮社版

11013

目次

ワンダフル・ワールド

アンビバレンス

こんなにきれいなブルーは世界のどこにもない、と思う。

空よりも、海よりも、勿忘草（わすれなぐさ）よりも美しいブルーのグラデーション。しかも、それが生きているなんて。私を見てさえずったり、指や肩にとまったり、唇についばむようなキスをくれるなんて。

ピルル、と、しんのすけが鳴く。

「よしよし。もう夜だけど、ちょっとだけお部屋に出てみる？　一緒に遊んじゃう？」

セキセイインコが踊るように頭を上下にふりたてるのは、機嫌のいい証拠だ。なんて愛（いと）おしいんだろう。この子がいなくなったら私はどうなってしまうんだろう。想像するだけで涙ぐみそうになる。

金色の鳥籠（とりかご）の入口を押し上げ、私はそっと人さし指を差しだした。

と、その時、とつぜん玄関の鍵ががちゃがちゃと音をたて、しんのすけが鋭く鳴いた。籠の中で小さな翼をばたつかせる。

廊下を覗いてみると、ドアが開いて比嘉さんが入ってくるところだった。三和土で窮屈そうにエンジニアブーツを脱ぎ、肩からカメラバッグを下ろすのと同時に、まるで脱皮するかのように革ジャンを脱ぎ捨てる。荷物は他にない。カメラ以外の重たい撮影機材や、ほぼ一か月にわたるロケ中の着替えが詰まったバッグなどは、地下駐車場に停めた車に置いてきたらしい。

勝手にずんずん入ってきて、

「よう」

これまた勝手に冷蔵庫を開ける彼の背中に、

「来る前に連絡するのが面倒なら……」私は言った。「せめて呼び鈴くらいは鳴らして下さい」

剣呑な流し目で私を一瞥し、彼は冷蔵庫の中に目を戻した。立っているだけで、小さなキッチンがなおさら狭く見える。

「急に来られて、困ることでもあんのか」

言いながら缶ビールをつかむと、リビングにやってきてソファにどっかり腰をおろす。カーキ色のTシャツに色落ちしたデニム。若作りに見えかねない格好が彼の場合は厭味なくらい馴染んでいる。今回のロケはインドネシアのバリ島だった。おかげでまたいちだんと陽に灼けている。

「べつに困りはしませんけど、いつ玄関が開くかと思うと、自分の部屋なのに落ち着きません」

「合い鍵をよこしたのはそっちだろうが」

「それは、もしもの時のためであって」

「うるせえなあ。来ねえぞ、もう」

　私は黙った。

　じゃあ来ないで下さい——と、即座に言い返せない自分がわからない。急に来られたら困ることとくらい、本当はたくさんある。髪はぼさぼさだし、化粧っ気はないし、部屋着はみすぼらしいし、それに……。

　壁際の鳥籠の中で、しんのすけが暴れる。チッチッと短く鳴きながら、天井の網にしがみついては止まり木に戻ることを繰り返す。ひとしきり暴れまわると、今度は壁のほうを向いてブランコを揺すり始めた。遊んでいるわけではない。この場合に限っては、非常に不愉快であるという意思表示だ。

「ふん。またいじけてやがる」

ぷし、とプルタブを開け、比嘉さんが苦々しげに籠を眺めやる。

最初に比嘉さんがこの部屋を訪れた時から、しんのすけは彼のことがまったく気に入らない様子だった。セキセイインコのオスが、女性の飼い主を間に挟んで人間のオスと対立するのはよく聞く話だけれど、それにしても比嘉さんに対する反発の度合いときたら尋常でなかった。べつにいじめられたことがあるわけでもないのに、頑として自分の主張を曲げようとしない。

「おい、みちる」

比嘉さんが、ソファの自分の隣を目で指し示す。態度はえらそうだが、目の色は駄々っ子のようだ。私がおとなしく腰をおろすより早く、缶ビールをそばのテーブルに置いてのしかかってくる。シャツの裾(すそ)から這(は)い込んでくる手が飛びあがるほど冷たい。

「ちょ……」

「うるせえ、やらせろ。久しぶりなんだ」

いつも以上に即物的な物言いと、指の動きの性急さにあきれながら、

「いい写真が撮れたみたいですね」

皮肉のつもりはなく、ただ確認の意味で言っただけなのだけれど、比嘉さんはなんだか嫌そうな顔になって私を見おろした。

「ったく。可愛くねえなあ、お前は」

ビール臭い溜め息をつく。

知ってます、と私は言った。


今でも時折、東京で独り暮らしをしている自分が嘘みたいに思えることがある。

高校までは、群馬の田舎で過ごした。父は役場勤めの公務員、母は教師、年の離れた兄は銀行員という堅い家で生まれ育った私は、そこそこ名前を知られた東京の大学に進んだものの、卒業したら地元に戻って就職するつもりでいた。

そういう道を歩むことに疑問は抱かなかった。写真は高校の三年間、部活を通してずいぶん夢中になったけれど、東京で専門学校に進もうとか、ましてやそれを生業にしようだなんて思いもよらなかった。好きというだけでやっていける仕事ではないことくらい、世間知らずの私にだってわかっていた。そういった意味では夢を見ることの下手な少女だったかもしれない。

転機が訪れたのは、東京での最初の夏だ。訪れた、などという生やさしいものではない。角を曲がったとたんにいきなり稲妻に打たれたかのような、あれは今思えば逃れようのない宿命だった気がする。

あの日はたしか、午後の授業が休講になったのだった。おそろしく暑い日で、表参道のゆるやかな坂を登る間にも背中を汗が伝い落ち、私はどこかで冷たいものが飲みたいとただそれだけを考えながら歩いていた。と、すぐそこのドアが開いた拍子に冷房の涼しい風が漂い出てきて、見るとガラス張りのイベントギャラリーだった。前の週までは外国人アーティストばかりが合同でアクセサリー展をやっていた、その同じ場所で、写真の個展が開かれている。

ガラスに街路樹と空が反射して、中がよく見えない。何気なく入口の立て看板に目をやった私は、次の瞬間、思わず立ちつくしていた。

後ろからぶつかりそうになって舌打ちをする人に謝りながらも、もう一度その写真家の名前を確かめる。

——比嘉雅弘(まさひろ)。

間違いない。高校時代、専門誌で特集されていた彼のポートレート作品に魅せられ、以来、好きな写真家を訊(き)かれると必ず名前を挙げてきた人だ。部活の顧問の先生には、ずいぶん渋い好みだと笑われたけれど、被写体がふと油断する隙(すき)を突いて表情を盗み取るかのような彼の作風に、十七歳だった私は心の奥深くを不穏に揺さぶられた。しばらくは自分でも彼を真似た写真ばかり撮っていたほどだ。

（東京って、凄い……）

最初に頭に浮かんだのはそれだった。ただ道を歩いていたらこんな素晴らしい偶然に行き当たるなんて。そのまま吸い寄せられるように、ギャラリーのガラスドアを押し開けていた。

時々ふっと想像してみることがある。もしもあの日、授業が休講にならなかったら。あるいはあのガラスドアの向こうに、たまたま比嘉雅弘本人が居合わせなかったら、と。

そうして、自分が歩んだかもしれないまったく別の人生に思いを巡らせる。親を悲しませない程度の成績で大学を卒業し、郷里に帰ってそれなりに堅実な会社に就職し、そのうちに穏やかな恋愛をして、地元の結婚式場で披露宴をして、子どもは一人か二人産んで。お菓子の甘い匂いやガーデニングが似合いそうな、日々の小さな諍いさえも確かな愛に裏打ちされているような、誰にも後ろ指をさされない生活……。

でも、実際の私は今、そこから遥か遠いところにいる。

写真の専門学校にさえ通っていなかった中途半端な人間を、いったい比嘉雅弘が何を思って拾う気になったのかはわからない。いまだにちゃんと話してくれたことがないから、本当にただの気まぐれだったのかもしれない。何にせよ彼は、文字通り日参して懇願をくり返す小娘に根負けするかたちで、〈大学だけは真面目に卒業する〉という条件つきながら、私を助手に雇ってくれた。そして自分の商業的な仕事——つまり雑誌のインタビューカットや広告などの撮影に連れ回し、人前でもお構いなしに叱り飛ばしながら業界のイロハを教え、数年後には私にも少しずつ小さい仕事をまわしてくれるようになった。

　比嘉さんの名誉のために一応言っておけば、最初から関係を迫られたわけではなかった。彼には奥さんと娘がいたし、その時どきで愛人だって何人かいた。

　飲んだ比嘉さんの車を代わりに運転して愛人宅へ送り届け、彼が出てくるまで待ち、最後には自宅へ送っていく、などということも助手の仕事には含まれていた。一度など奥さんとばったり鉢合わせして、

「ご苦労さまね」

　膀胱まで凍りつきそうなほど冷ややかな声をかけてもらったこともある。

　元モデルというだけあって、五十も間近だというのに皺ひとつないゴージャスな美女だった。双子みたいにそっくりの娘ともども買い物やエステなどの〈自分磨き〉に夢中で、夫の女遊びにはまったく口を出さないという話だった。

「自分にしか興味がないんだよ。俺なんか金を稼ぐだけの透明人間だ」

　わざとらしく同情をひいてみせる中年親父に、ほだされたつもりはない。向こうにだって私に対する特別な想いはなかったはずだ。かといって上下関係における強要があったわけでも、仕事をまわしてもらうために体を差しだしたわけでもなくて……。

　うまく、言えない。でも、結局のところ私たちは今のような関係になってしまった。比嘉さんに〈弟子入り〉を志願してほぼ五年、私が大学を卒業し、親からずいぶん心配されながらも東京に残ると決めた翌年のことだった。

　比嘉さんと共にするベッドの中には、いわゆる男女の愛はない。ただ、まぎれもなく情のやり取りはある。セックスとは愛し合う男と女の間でだけ交わされるべきものであり、それ以外の性行為は穢らわしい、という価値観を持つ人たちには理解してもらえないかもしれないけれど、彼は彼なりに私という不肖の弟子を可愛がってくれていたと思うし、私は私で、彼に自分の躯を撫でたりこねたりしてもらうのが嫌いじゃなかった。噂に聞く性愛の悦びみたいなことはあまりよくわからなかったものの、二人でそれをした後、いつもより無防備でだらしのない顔つきになった比嘉さんから、これまでの旅や、そこで出会った人々についてなど、彼なりの人生観や美意識みたいなものの垣間見える話を聞かせてもらうのが好きだった。

こういう関係を何と名づければいいのかはわからない。ずっと彼のそばにいたいとも、いられるとも思っていない。今すぐやめる理由がとくにないから続いてきただけ、のはずなのだけれど、最近では私よりも比嘉さんのほうがこの関係に寄りかかっているような感じがして、正直、ちょっと重い。今夜のように何の連絡もしないで急に部屋を訪れるのだって、以前はほとんどなかったことだった。

「なんだよ、上の空だな」

私の目を覗きこみながら、比嘉さんが不服そうに言う。

「誰のこと考えてる？」

「……しんちゃん」

呼ばれたと思って、インコがチュルン、と鳴く。

「嘘つけ。俺の留守をいいことに、誰かとデートでもしたんだろ」

「は？」

思わず頭をもたげると、比嘉さんは犬のように鼻を鳴らしながら私の肩先から首筋をたどり、耳の後ろの匂いを嗅いだ。鼻のあたまに皺を寄せ、疑わしそうにこっちを睨む。

「香水なんか、今までつけたことなかったじゃないか」

私は溜め息をついた。

「今日、女性誌の取材で会った相手が調香師だったんです。その人のお店を紹介して、オリジナルのコロンとかキャンドルも一緒に撮影したので、その時に」

「女か」

「いえ。男の人ですけど」

比嘉さんが、それ見たことかという顔をする。

「撮るだけなのに、なんでわざわざ」

「取材が終わったあとで、編集部の人たちを交えてお喋(しゃべ)りしてたら、何となくそういう流れになっただけですよ。天然の香料にこだわったコロンなんですって。これはジンジャーと、あと何だったかな」

いい匂いでしょ、と言うと、比嘉さんはますます鼻の皺を深くした。

「くさい。俺はなあ、牛乳石鹸(せっけん)の匂いが好きなんだよ」

「要するにコドモなんですね」

「やかましい。コドモじゃないところを見せてやろうか」

「もう見飽きてます」

「犯すぞ、コラ」

苦笑いと舌打ちを同時にもらした比嘉さんが、ようやく機嫌を直したらしく再びのしかかってくる。それをするりと躱し、私はソファから滑りおりて立ちあがった。鳥籠に近寄り、まだこちらに背中を向けたままのしんのすけに優しくおやすみを言ってから、畳んであった大判の布をすっぽりと籠にかぶせる。暗くしてやらないと、鳥は落ち着いて眠れないのだ。

「なんだよな。長旅からやっと戻ったってのに、お前にとっては鳥のほうが大事なんだもんなあ」

比嘉さんが、水滴の付いたビールの缶に手をのばしながらぼやく。

「そんなの、当たり前じゃないですか」

何を今さら、とあっさり言い返してみせながら、気づかれないように深呼吸をし、不穏な胸の動悸を鎮める。

以前から、折にふれて感じていた。このひとは、見た目や言動に反して、実はかなり女性性の強いひとなんじゃないだろうか。ついさっき私に向けた言いがかりみたいな質問も、どちらかと言えば〈女の勘〉に属する類のものだ。

それが証拠に、今夜、私は比嘉さんに二つの嘘をついた。

一つめ。調香師の彼を撮影したのは、実際には今日ではなくて三週間も前のことだ。

二つめ。その彼――安藤優司とはもうすでに、数えきれないほど睦み合っていた。私の軀から比嘉さんが嗅ぎ取ったのは、その残り香だった。

＊

もうどれくらい前になるだろう。ただ流行っているというだけで、誰もかれもが同じ香りを漂わせていた時代があった。つけこなすには相当の覚悟がないと、香りの個性に本人が負けてしまう、そのかわり似合う人がまとえば女っぷりがおそろしく上がる。そんな種類の香りだった。

自分が快いと思う香りが、周囲の人にとってもそうかどうかわからない。つける量や、時と場所。朝の気分にぴったりだと思って選んだ香りが、午後になると当人にさえ煩わしく感じられることもある。

私の場合、比嘉さんから指摘されるまでもなく、香水を身につけたことなんてこれまではほとんどなかった。香りを持つものが苦手というわけではない。たとえばベランダで育てたハーブをお茶や料理に使ってみたり、あるいは天然の精油をたらした足湯で温まったりするひとときは大好きだった。日々のはざま、ほっと息をついて素の自分に戻れる時間は、忙しければ忙しいほど無くてはならないひとときだ。

でも、

〈みちるちゃんは、香水とかには興味ないの？〉

女性誌の仕事をしていると、馴染みの編集者やヘアメイクの女性からふと質問を向けられることもあって、そういう時はたいてい当たり障りのない返事をしていた。

〈嫌いじゃないですよ。むしろ憧れるんですけどね。ただ、自分に似合う香りっていうか、これだって思えるのにまだ出会えてなくて〉

あーわかるわかる、香りってそういうとこ難しいんだよねえ。

そんな会話を交わしながら、漠然と思っていた。本当に私に似合う香りを見つけて、第二の素肌のようにそれをまとうことができたらどんなにか格好いいだろう、と。

昔好きだった古いフランス映画の中に、美しい女優がまるで芸術品のようなボトルを手に取り、物憂げな仕草でシュッと手首の内側に吹きつける場面があったのを鮮明に覚えている。日本人に香水は難しいとは時々言われることだけれど、日本にだって香を焚きしめたり、着物のたもとに匂い袋を忍ばせたりする習慣はあったのだ。控えめであれば、そして似合ってさえいるならば、他人を不快にさせるものではないだろうにと思う。

だから、三週間前のあの日、撮影する相手の仕事が調香師だと聞かされた時は純粋に興味を引かれた。もちろん取材対象がどういう職種の人であれ、興味や好奇心を持って臨まなければいいポートレートが撮れるはずはないのだけれど、あの日は格別だった。

「安藤と申します」

よろしくお願いします、と律儀に私にまで手渡された名刺には、安藤優司という優しげな名前とともに、〈Ambivalence〉代表、の文字が入っていた。〈アンビバレンス〉とは、彼がそれまで勤めていた企業から独立して出した、アロマ関連の店の名前だという。

「ご存じでしょうけど、心理学の用語で〈相反する感情〉というような意味なんです」

たとえば、人は誰かを愛するとき、その感情のすぐ傍らで、自分でも意識しないままに必ず同じ分量の憎しみを育てている。だからこそ、相手との関係性が変化するうちには、愛しているけれど憎い、かわいさ余って憎さ百倍、といった一筋縄ではいかない感情が生まれてくる。

「複雑なようで単純な……それって、すごく人間らしい心の動きだと思いませんか」

　女性誌がわざわざ顔出しで取材を依頼するだけあって、容姿には恵まれた人だった。年齢は三十代の半ば、すごく整っているというわけではないのだが人好きのする顔立ちで、田舎の少年のようにくるくる変わる表情と、黒目の光の強さが印象的だ。

　インタビューカットを撮るとき、いつもより多くデジタルカメラのシャッターを押している自分に気づいた。撮影に集中しながらも、これまたいつも以上に編集者やライターとの会話の内容にも聞き入ってしまったのは、香りを巡る話題だからというだけでなく、彼の誠実な人柄や真摯な話し方のせいでもあったと思う。

「調香師を名乗るのに、いわゆる国家資格みたいなものは要らないんです。かといって、鼻がきいてセンスさえあればそれでいいかっていうと、やはり化学的な専門知識が不可欠だったりもしますしね」

　安藤氏の場合は、当初は薬剤師を目指そうと考えて、薬学系の学部に進んだ。ところが在学中に香りの世界の魅力に目覚めてしまい、卒業したあとは入浴剤で有名な企業に就職、他にもボディソープやシャンプー、ローションなどの香りをいくつも手がけてきた。

「一応は専門職なので、給料の面ではわりに恵まれてたと思います。そういう意味での不満はなかったんです。でも、僕にはどうしても試してみたいことがあったので」

できる限り天然香料にこだわった香りづくり、というのがそれだった。

合成の香料を使わなければ、香りを充分なだけ強く出すことは難しいし、身につけたあとも短時間で薄れていってしまう。それでもなお、安藤氏はこだわりたかった。

「僕にとっての〈いい匂い〉の原点って、祖母の思い出なんですよ」

ちょっと照れくさそうに目尻に皺を寄せて彼は言った。

「小さい頃、夏休みに遊びに行った田舎で添い寝してもらった時にね。祖母からすごく甘い、いい匂いがしたんです。今思うと、孫の僕を寝かしつけるために一生懸命あおいでくれていた白檀の扇子の匂いだったかもしれないんだけど、とにかく当時の僕はうっとりしちゃって。どんなに暑くて寝苦しい夜も、その甘い匂いを鼻の奥でそっと追いかけているうちに、いつのまにか眠りに落ちることができたんです。あれは幸せな記憶だなあ。自分の存在を世界から肯定されているみたいな、絶対的な安心感があった。当時はもちろんそんなことまで言葉にならなかったけど、要するに香りというのは、時にはそれほどの力を持ちうるってことなんだと思うんですよ。ちょっと大げさな物言いに聞こえるかもしれませんけど」

だからこそ、自然の持つ優しい香りにこだわりたいんです。そう付け加えて、また目尻に皺を寄せる。

その表情もしっかりカメラで押さえながら、私にとっての〈いい匂い〉の原点って何だろう、と考えたとき、鼻腔の奥にふっと甦ったのは、柔らかなお風呂のお湯の匂いだった。やはり子どもの頃、暗くなるまで外で遊んだ帰り道、近所の家々の浴室の窓から漂い出てくるお湯とシャボンの匂い。絶対的な安心感、という一点において、なんだか安藤氏の記憶とも通ずるものがある気がして嬉しくなった。

その時点で、もう惹かれていたのだと思う。取材が終わって別れてからも、頭の中は彼のことでいっぱいだった。編集部に納めるベストショットのデータを選びながら、脈がいつもより速いのを感じて、どうかしていると思った。

再会したのは二日後だ。偶然、ではない。私の心の裡には、あわよくば彼にもう一度会えたならという期待がまぎれもなく潜んでいて、だからこそわざわざ週末のお昼過ぎを選んで青山の店を覗いてみたのだ。人の出の多い土曜日なら、オーナー自身が店に出ているのではないかと思った。

読みはばっちりだった。取材の時にはスーツ姿だったけれど、その日の彼はブルーのピンストライプのシャツに濃いインディゴのデニムというカジュアルな服装だった。アロマグッズ好きの友人に贈りものがしたいのだという私の言葉を信じて、一緒に香りのよいキャンドルとバスソルトを選んでくれた彼は、会計の時、ほかの客に聞こえないように声を低めて言った。

「さっきまですごく忙しくて、昼飯がまだなんです。よかったら、すぐそこの店まで付き合ってもらえませんか？　じつは一人で飯を食うのが苦手で」

最後の言葉はたぶん、こちらに身構えさせないようにするための配慮だったと思う。望んでいたわりに、あまりにも早い展開にちょっと戸惑いながら頷くと、彼は破顔一笑し、若い男性スタッフ一人にあとを任せて近くのカフェへと案内してくれた。


少なくともこの時点での私に、バリ島にいる比嘉さんへの罪悪感など欠片ほどもなかったと断言できる。これまでのお互いの関係をふり返っても、私が誰と付き合おうが別れようが、比嘉さんが口出ししたことはなかった。やきもちを焼いてくれた例しなどただの一度もないし、完全に無関心、無頓着だったのだ。

「みちるさんは、香水は嫌いなの？」

安藤氏からそう訊かれたのは、二度目に会った時のことだ。今度は夜で、カフェではなくレストランのあとバーに流れた。

相手の仕事が仕事だけに、私はちょっと答えに詰まって、逆に訊き返してみた。

「つけている女性が好きなの？」

「似合っているならね」

と、彼は答えた。

「自分に似合う香りを身につけている女のひとって、とても魅力的だと思うから」

「そういう恋人が前にいたってこと？」

「まあ、それなりには長く生きてますからね」

おどける彼に合わせて笑ってみせたものの、私は心臓の裏側あたりがちりちりするのを感じた。もちろん顔には出さない。出したら負けだと思うから、過去のことなどまったく気にしていないそぶりを装いながら、ほんとうは何でも素直に顔に出すくらいのほうが、恋愛は楽になるんだろうにな、と思う。

こちらの気持ちを知ってか知らずか、彼はふつうの口調で続けた。

「自分に似合う香りをわかってるってことはつまり、自分で自分をよく知ってるってことでしょ。長所も短所も、強いところも弱いところも。それって本当の意味で成熟した大人の女性の証しっていう感じがして、すごく色っぽいと思う」

私だって、と思ってみる。私だって「それなりには長く生きて」きたわけだから、これまでにもいくつかの香りを試してみたことはあったのだ。店頭で嗅いだ第一印象で選んだり、ボトルの美しさで選んだり。けれど、どれも何かが違うような気がして、ほとんど減りもしないうちに使わなくなってしまった。化粧台の上に、〈間違って〉買ったボトルが並ぶのを見るのはせつないものだ。

ほんとうは、あのフランス映画に出てくる女優のように、さりげなく香水をまとってみたい。目が覚めてあくびをするのと同じくらい自然に、猫が伸びをするのと同じくらい優雅に。美しいボトルを流れるような仕草で手にとり、耳の後ろや、膝の裏側や、手首の内側に吹きかける。それともシャワーのあと空中にひと吹きして、霧の中を軽やかにくぐり抜けてみる。そんなふうな、女にこそ似合うはずの贅沢な時間と習慣を自分のものにできたなら、軀の奥底から何かが変わっていって、指や髪の先まで自信が満ちていって、ようやく東京という大都会にも太刀打ちできるようになる気がするのに。

〈本当の意味で成熟した大人の女性〉

私は、まだその境地には程遠い。自分に似合う香りが見つけられずにいるのは、要するに、自分自身の心の骨格のようなものがいまだにふらふらして定まっていないからなのではないだろうか。香りというものに親密に寄り添えずにいる私は、それを一生の仕事にしている安藤氏のそばにもふさわしくないのではないか。

心がそうして臆病(おくびょう)に縮こまるのを感じた時、あらためて気づいた。

これは、どうやら、久しぶりに、恋かもしれない、と。

三度目に会ったのは六本木だった。ヒルズの中にある上品な鉄板焼きのお店を出た後で、彼は私を高いところに誘った。五十二階の展望台。東京シティビューという呼び名がついていることは初めて知った。

「なんでも〈恋人の聖地〉ってことになってるんだそうですよ」

窓際に立ち、彼は隣の私を見おろして言った。

「聖地？」

「そう。二人でここに来れば幸せになれる、みたいな」

「そういうのって、信じるほうですか？」

「わりと信じるほうです。自分に都合のいいことは」

私がふっと笑うと、彼も目を細めた。

二人並んで、眼下一面にひろがる夜の街を見おろす。これを宝石箱と言う人も、光の海と呼ぶ人もいるだろうけれど、私には満天の星を踏んでいるかのように思えた。踏んでいるのに宇宙に浮かんでいるようで、頭がふわふわする。

「じつは僕、高いところもちょっと苦手で」

「じゃあどうしてここに？」

　あなたに見せたかったから、とか何とか言われるかと思ったのだけれど、さすがに少しうぬぼれが過ぎたようだ。

「たまに、一人で来たりもするんですよ。ここに立つと、すぐそこにほら、東京タワーが見えるでしょ。僕、郷里が岡山の田舎でね。空が広くて、海もきれいでいいところなんだけど、帰りたいとは思わない。まだまだ東京でやりたいことがあるし、試したいことがある。そういう気持ちを自分で奮い立たせるために、何かへこたれそうなことがあると、ここに来るんです。まあ、東京タワーを見ると闘志が湧くってこと自体、田舎者の証拠だとは思うんだけど」

「――よくわかります」

　と、私は言った。

「わかりますか」

「ええ。東京タワーを眺めるたび、この街にしがみついてでも頑張ってやるって思うのは、私もそっくり同じだから」

　ただね、と言葉を継ぐ。

「私の場合、高いところそのものは苦手じゃないんですけど、さっきここまで昇ってくるエレベーターはちょっと怖かったです」

「ああ。すごいスピードでしたもんね」

そうじゃなくて、と私は首を横にふった。

「うちに、インコが一羽いるんです。水色のセキセイインコで、しんちゃん……しんのすけっていうの」

「ずいぶん立派な名前ですね」

「『クレヨンしんちゃん』からとったんですけどね。こっちにお尻を向けてぷりぷり左右に振る仕草がそっくりだから。雛(ひな)から飼って、もう九年になるんですけど……」

「セキセイインコってそんなに長生きなんですか」

「個体差はありますけどね。うちのは元気でいてくれてます」

こんもりと丸くふくらんだ愛しい寝姿を思い浮かべると、思わず唇がゆるんだ。

「でも、この九年間というもの、出かけてる間じゅう不安なんですよ。部屋は安全なんです。ただ、私がもしも外で事故にでもあったら、あの子はひとりでどうなっちゃうんだろうって。一日二日で帰ってやれるならいいけど、私が意識不明とかになってしばらく目が覚めなかったら……最悪死んじゃったらどうなるんだろうって思ったら、もう……。だから、運転する時とかはもちろん、横断歩道を渡るだけでもすごく気をつけてます」

「不慮の事故に遭わないように？」

「そう。毎日、部屋まで無事に生還できるように。さっきも、このエレベーターがもしも箱ごと落っこちたら……って想像しただけで怖くなりました。念のために手帳には、私に何かあったらすぐ連絡が行くように、しんのすけのことを知ってる身内や友人の連絡先を書いたメモをはさんであるし、師匠には合い鍵まで預けてあるんです。あの子は師匠のことが気にくわないみたいだけど、『餓え死にするよりはましでしょ』ってこんこんと言い聞かせて」

　彼は笑った。呆れはしたかもしれないけれど、ばかにする笑い方ではなかったのでほっとした。

「そういえば安藤さん、インコアイスって知ってます？」

「は？」

　何ですかそれ、と彼は言った。

「インコの形をしてるんですか？」

「いいえ。インコの匂いがするんです。インコ好きだったら、誰でも必ず一度は愛するインコの頭を口に入れてみたことがあるものですけど、その時の匂いを再現したアイスなんです。何て言えばいいのかな、穀物を嚙みしめた時の香ばしさに、日向に干したお布団の匂いを混ぜたみたいな感じの……」

彼の眉根が寄る。わけがわからないといった様子だ。

「ええと、それって、あなたにとってはいい匂いなんですか？」

「もちろんですよ！」

私は断言した。

「世界でいちばん心落ち着く匂いは、インコ臭です」

とうとう声をあげて、彼は笑いだした。こぶしを口に押しあて、笑いを嚙み殺しながら言った。

「すみません、僕、思い上がってました。僕はまだ、香りの世界の奥深さを全然知らないんだなあ」

その夜以来――バリ島から比嘉さんが戻るまでの半月ほどの間に、いったい何度抱き合ったことだろう。

たいていは、彼の部屋だった。ホテルで逢うことも一度か二度あったけれど、私の部屋でというのはまだなかった。

私の側に別の男性の影があること、それがおそらく師匠の比嘉雅弘であることに彼は勘付いていて、でも何も言おうとしなかった。男としては面白いはずがないのに、答えを急がせることなくすべてをこちらにゆだねようとしてくれているのだろうと思うと申し訳なくてたまらず、罪の意識はひるがえってなおさら愛しさを増幅させた。彼との悦びは深かった。驚いたのは、彼独特のやり方だった。服を脱ぐと彼はまず、数滴の精油をベースとなるオイルに混ぜて私の軀に塗りこめる。それから向かい合い、抱きしめ合えば、もともと彼が身にまとっている香りと私から立ちのぼる新しい香りとが互いの肌の上で混ざり合い、あたためられて、さらに強く香り始める。

オレンジの木の下に咲き乱れる花々のような。旅したこともないはずの地中海の風に吹かれたような。かと思えば、深い森の奥、苔のしとねに身を横たえたかのような……。腕をからませ、胸や腰を激しくなすりつけ合うたび、香りの印象はどんどん変わっていく。悩みも吹き飛ぶ明るく幸福な香りから、高貴さと愛くるしさを併せ持つ優雅なそれへ。また少したつと、くらくら眩暈がするほど蠱惑的な香りに官能を掘り起こされ、もう少しで届きそうなのに届かないじれったさに身悶える。そしてさらには、ひとめぐりしたそれらの印象の一つひとつが、また新たなバリエーションとともにランダムに前へ出たり背後へ下がったりし始めるのだ。

腰の奥が内側へ引き絞られるような感覚にぐいぐい追い上げられて、こらえ切れずに切ない声が漏れる。どちらが彼の香りで、どちらが自分から香るものなのかわからなくなってゆく。一方だけを嗅ぐことはもうできない。その二つは分かちがたく結びつき、混ざり合って、私の肌の上ですでに私だけの香りとなっている。

一度きりの、ほんの一瞬だけの、偶然の産物。

そうして長い時間をかけて彼と睦み合ううち、私は生まれて初めて絶頂と呼ばれるものを体験した、かも、しれない。

かもしれない、と言うしかないのは、誰かがそれをはっきり立証してくれるわけではないからだ。体温計のように軀に目盛りが付いているとか、リトマス試験紙みたいに色の変化を確かめられるのでない以上、自分にとって初めての感覚の訪れを、(これがたぶん世に言うあれなのだろう)と納得する以外にないのだけれど——たとえ世間で何と名づけられたものであるにせよ、私はそれをとても好きになった。文句なしに気持ち良かったし、何しろいい匂いがした。心落ち着く匂いではなく、むしろ心乱される匂いなのに、同時にたまらなく甘美なのだった。

「気に入ったなら、これと同じ香りのコロンを作ってあげようか。あなただけのために、オリジナルで」

僕ならできるよ、と彼に言われ、私は慌(あわ)ててかぶりを振った。

「だめ。こんなの、独りでいるときに嗅いだら軀がヘンになっちゃう」

「条件反射？」

「そう。パブロフの犬みたいに」

「ただし、よだれじゃなくて……」

その先の下品な冗談を言わせまいと、彼の脇腹(わきばら)に肘(ひじ)を一発お見舞いする。

互いに馴染んでくるにつれて、こうしてちょっと無神経に感じられることを口に出したり、セックスの最中にもときどき自分勝手な振る舞いが目立ったりもしたけれど、それは男だからまあ仕方がない。彼はおおむね優しくて丁寧だった。歳(とし)の近い男と付き合う楽ちんさを、もう長いこと忘れていた気がした。

「でも、いつか作ってね。私に似合う香りを」

「どんなのがいいのかな」

「それがまだわからないの。ずっと探してるんだけど」

急がなくていいよ、と彼は言った。

「僕はただ、上手に香りをまとっている大人の女性は素敵だって言っただけで、今のあなたに魅力がないなんて言ったつもりはないよ。風呂上がりに石鹸の香りをぷんぷんさせてるあなただって、なかなか悪くない」

耳もとに鼻先をこすりつけられ、私は思わず苦笑する。男というのは、どうして石鹸の香りが好きなのだろう。まだ穢れを知らない少女を思うからだろうか。

純真無垢であることも、たしかに女の魅力のひとつではあるだろう。でも、一つの顔しか持たない女なんて、一年じゅう昼間だけの世界みたいに平板でつまらなくはないか。太陽の昇る朝が美しいのは、妖しく月の輝く夜があってこそではないのか。

陰と陽、などとえらそうなことを思ってみる。闇と光。肉体と心。嘘と誠実。感情と理性。悪しきものと善なるもの。そして——憎しみと愛。

どちらか一方だけでは充分じゃない。どちらか一方だけが正しいのでもない。大切なのはきっとバランスであり、両極にあるものの間を行き来する精神の自由さなのだ。

「きっとさ」

仰向けになり、天井を見上げながら、呟くように彼は言った。

「ずっと探してるのに、まだ見つからないのは、それがあなたにとって大事なことだからだよ。時が満ちて勝手に答えが出るのを、待ってるしかないんじゃないのかな」

香りのことだけを言われているのではない気がして、私はただ黙っていた。

比嘉さんが戻ってくれれば、それこそ勝手に答えが出るのではないかと、どこかであてにしていたところはある。

でも実際は、そんなに簡単にはいかなかった。比嘉雅弘という大きな存在を意識しながらも黙っている安藤氏と、誰だかはわからないものの私の向こう側にいるのであろう影に向かってしきりに牙をむく比嘉さん、そして、その間に挟まれた私。それぞれが見事、三すくみの状態で固定されて、一歩も動けなくなってしまった感じだった。

帰国したあの夜以来、いくらか変わったことがあるとすれば、一つには比嘉さんが私の部屋に来る前に一応メールなり電話なりを入れるようになったことだ。さしもの彼も、鉢合わせの修羅場は避けたかったらしい。

もう一つ、ついでに言うと、比嘉さんは私を抱かなくなった。こちらからはっきり拒むより先に、彼のほうから手を伸ばしてこなくなったのだ。

「俺と別れたいなら言えよ。いつだって手放してやるから」

一度、比嘉さんがそう口にしたことがある。顔はあさってのほうを向き、唇は不服そうに尖っていたけれど、何度も考えた上でのことなのだろう、言葉には淀みがなかった。

「お前もさ。もう自分の稼ぎだけで何とか食っていけるんだしさ。俺を頼る必要もなけりゃ、憐れんでくれる必要もないんだから」

憐れむ、という言葉にぎょっとなった。何年か前から私の奥底に棲んでいた感情に、比嘉さんのほうでも気づいていたのかと思うといたたまれなかった。

奇妙な均衡を保ったまま、秋が過ぎていこうとしていた。

一方としか軀は合わせていないにもかかわらず、二股をかけているのと同じくらいの罪悪感があって、それなのに、

（じゃあ今すぐ別れて下さい）

その一言を比嘉さんに言えないのはどうしてなのか、ほんとうにわからなかった。憐れみでも未練でもないものが、いや、その両方を含むありったけの感情を合わせて百倍くらいにふくらませたものが、私の喉をワインの栓みたいにきつくふさいで言葉を押し込めようとしているのだった。

　安藤氏が初めて私の部屋を訪ねてきたのは、十二月に入って最初の水曜日だった。店の定休日に、彼のほうから来たいと言いだしたのだ。

「こいつが噂のしんのすけかあ」

　金色の籠を覗きこみながら彼は言った。

「部屋の中で放してやったりしないの？」

「するよ。毎朝、出かける前の時間」

「肩に乗ったりもする？」

　私は笑って、籠の入口を開けた。

　しばらく思案するように首をかしげていたしんのすけが、ちょん、と止まり木から糞切り網に飛び降り、入口のふちに飛び乗って、チュルンとひと声鳴く。

「よしよし、おいで」

　人さし指を差しだすと、よいしょ、とまたぐようにして乗ってきた。唇とくちばしでキスを交わし終えると、今度は翼をはためかせて私の肩に飛び移る。

「へえ。懐いたもんだな」

　こんなことは、比嘉さんの前だったら絶対にしなかった。籠を開けてやっても出てきた例しはない。壁のほうを向いてブランコを漕ぐのが関の山だ。

「あなたには気を許してるみたいね」

「そりゃ嬉しいな。ちょっと貸して」

突然、カットソーの肩の生地が引き攣れるような感触に目をやると、しんのすけの姿がなかった。安藤氏の手が、水色の小鳥をつかんでいた。翼ごと、まるで類人猿が骨でも握るかのように。

あまりの光景に声さえ出せずにいる私の目の前で、彼は、笑いながら大きく口を開け、しんのすけの頭を——

「やめて！」

金切り声をあげた時には、小鳥の頭は彼の口の中に吸いこまれた後だった。

驚いたような顔で、安藤氏がしんのすけを口から出す。指の間からはみ出した翼がばたばたと動いて羽が乱れる。

「やめてよ、放してやって！」

「ちゃんとゆるく握ってるってば」

「放してったら！」

「何だよ、ちょっとふざけただけじゃないか」

「放せったら、ばか！」

私にどんと胸を衝かれてようやく彼が手を放すと、しんのすけはもがきながらゆっくり床に落ちていき、羽をばたつかせてまた少しだけ飛ぶと、置物のように動かなくなった。そっとそばへ行き、両手ですくいあげる。息が疾い。震えている。よほどショックだったのだ。

「……出てって」

背後で、え？　と男の声が裏返る。

「ごめん、悪かったよ。何もそんなに怒ることないじゃない」

苦笑混じりに私を宥めようとする。

「だってさ、あなたが自分で言ったんでしょ？　インコが好きだったら誰でも一度は口に、って」

「そんなの、飼い主だけに許されることにきまってるでしょう！」

立ちあがり、泣きそうになるのをこらえながら、私は彼に向き直った。

「見てよ、この子。こんなに小さいのに、初めて会ったばかりの人間にいきなり頭から食べられてどんなに怖かったか……。ねえ、どうしてそれがわからないの？　ひとが命より大事に思ってるの知ってて、なんでそんな無神経なことができるの？」

「いや、だから冗談だったんだって。まあほら、ちょっと落ち着こうよ。とりあえずはその鳥、籠に戻してさ。怪我(けが)したわけじゃないんだから」

「……無理」

まっすぐに彼の目を見あげて、私は言った。

「もう無理。あり得ない」

「ちょ、待てってば」

「いいから、今すぐ出てって」

「……」

「出ていって下さい」

すっかりあきれ返り、むっとした顔になって私と手の中のインコを見おろすと、彼はもう何も言わなかった。黙ったまま玄関へ行き、靴を履き、ふり向きもせずに出ていく。

互いの間にこんなにもばかばかしくてあっけない幕切れが待っているだなんて、彼だけじゃない、私だって想像もしていなかった。今日この部屋へ来るのをきっかけにもっと関係が深まって、それこそ自然に答えが出るんじゃないかとさえ思っていたのだ。

答えは、別の意味で出てしまった。一瞬を境にして、ほんとうにもう駄目だとわかった。

悪気がなかったのも、ただふざけただけだというのも本当なのだろう。でも、しんのすけの頭があたかも『我が子を喰らうサトゥルヌス』的構図で彼の口の中に呑みこまれるのを目にした後ではもう、どんな理屈も言い訳も、私には届かなかった。抱き合うなんてあり得ない、生理的に無理だった。前から気づいていた彼の持つ無神経さを、善良なる鈍感さを、私はその瞬間、全身全霊で嫌悪していた。

まるでオセロの駒が全部裏返ったかのようだ。

自分の身勝手さに自分で茫然としながら、

「ごめんね、しんちゃん。もう大丈夫だからね。怖い人、もう来ないから」

私はてのひらの中のしんのすけを懸命に慰め、彼が彼なりのささやかな正気を取り戻すまでひたすら謝り続けた。

*

「そりゃあ、なんとも災難だったわな」

数日たって、私から話を聞いた比嘉さんの第一声はそれだった。私に対してではなくて、鳥籠の中でブランコを漕いでいるしんのすけの背中に向けたひと言だった。

俺以外の男にうつつを抜かしたりするからだ――とは、思っているかもしれないけれど言わなかった。てっきり厭味の一つくらい言われると覚悟していた私は拍子抜けして、比嘉さんのなめし革みたいな腕の皮膚を見つめていた。

開けっ放しのバスルームから、お湯の落ちる音が聞こえてくる。今夜ここへ来るなり、熱い風呂にゆっくり浸かりたいと言って、比嘉さんが自分でお湯を溜め始めたのだ。

二人でぼんやりとその水音に耳を傾けていると、やがて、比嘉さんが私のほうを向いた。

「さっき、ヒルズの展望台って言ったよな」

「……はい」

「俺、まだ上ったことないんだわ」

「そうですか」

「今度、一緒に上ってみるか」

「どうして？」

長い溜め息が返ってくる。

「どうして、ってことはないだろう。お前もたいがい無神経なやつだな」

その通りなので、何も言えない。

さっき、これから行く、と知らせてきたメールの中に、比嘉さんはまるで仕事のスケジュールでも告げるかのような調子で書いてよこしたのだった。

〈そういえば、独りになった〉

あやうく読み過ごしてしまうくらいの素っ気なさだった。

ここ数か月の間、比嘉さんがやたらと不安定だったのは、離婚の手続きにまつわるストレスのせいだったらしい。それならそうと打ち明けてくれればよかったのに、と思わず文句を言ったら、そんな格好悪い真似ができるか、ばかたれ、と怒られた。

「まあこれで、少なくとも、あれだ」

いつかのようにあさってのほうを向いて、比嘉さんは言いにくそうに言った。

「お前にもしものことがあった時は、鳥の面倒は俺に任せろと、一応胸を張って言えるようにはなったわけだ」

あっけにとられて、私は彼を見やった。

「でも比嘉さん、この子のこと嫌いでしょ？」

「は？　向こうが勝手に嫌ってるんであって、俺はべつにどうってことはないぞ。たかが鳥相手に嫌いも何も。さすがに口に入れるのは御免だけどな」

たかが鳥、という言葉に少しも腹が立たないのが、我ながら不思議でもあり、何の不思議もない気もした。

結局こうなるのか、と思ってみる。めくるめく官能の香りよりも、牛乳石鹼に落ち着いたということか。

何だかおかしくなって、つい含み笑いをもらした私を、比嘉さんがまた嫌そうな顔で睨む。どうせ、可愛くないと言いたいのだろう。

おぼこだと思ってつきあい始めたら、いつのまにかどっぷり深みにはまって身動きできなくなり、事ここに至る……そんな中年男への情を、ただ憐れみと呼ぶのはやはり違う気がする。百歩譲ってそうだとしても、人の感情の中で愛と憎しみが常に表裏一体であるなら、憐れみのすぐ裏側にも、同じ分量の何か愛おしい感情が育っているはずだ。

このさき、比嘉さんと一緒にヒルズの展望台に上るなんて日が本当にくるかどうかはわからない。何しろ気まぐれな男の言うことだ。

でも、彼をあてにせずとも、上りたくなったら何度でも一人で上ればいいのだと思った。これだけ長い付き合いなのだし、どうでも並んであの場所に立たなくたって、心を寄り添わせることはできる。むしろ、このひとが「もしもの時」に備えて別の場所で待機してくれていることで、私は心置きなく外の世界へ踏み出せるとも言える。そういう寄り添い方があったっていい。

床から天井までの分厚いガラス越し、足もとに広がる星の絨毯を一人で見おろすのも悪くない。手をのばすだけで摘み取ることができそうな東京タワーが、ひときわ眩いキャンドルのように心に灯って、もうしばらくはこの街で生きていくと決めた私に力を与えてくれるだろう。

バスルームから、柔らかなお湯の香りが漂ってくる。子どもの頃の懐かしい記憶が甦る。私にとっての、幸福な匂いの原点。

満水になったのを知らせる信号音に応えるように、ピュロロロ、ピロロ、と可愛らしい声でしんのすけが鳴く。見ると、いつのまにかブランコを揺らすのをやめ、止まり木から首をかしげてこちらをしげしげと眺めている。

「なんだ。今日はばかに機嫌がいいな」

疲れているくせに充ち足りただらしない顔で、比嘉さんが言う。

私は立っていき、いつものように籠に布をかぶせてやった。

今夜、久しぶりにここで始まることは、この子にはちょっとばかり刺激が強すぎるかもしれない。

オー・ヴェルト

世の中、パートナーの心変わりが原因で離婚する夫婦なんて珍しくもない。そして世の中、珍しくもないことはなかなか同情してもらえない。

わずか二年間をともに暮らした夫と別れた当時、私だって誰彼かまわず理解や慰めを求めたわけではないけれど、学生の頃からそこそこ親しかった女友だちにまで意見されたのはけっこうこたえた。

「万実(まみ)はさ、正論で相手を追い詰めすぎるんだよ」

オレンジ色のペンダントランプの下で、お互いが注文した飲みものを待ちながら彼女は言った。

「旦那(だんな)さんに対してだけじゃなくて、昔からわりとそうだったじゃん。学生の頃だって田代(たしろ)くんのこと完全に尻(しり)に敷いてたしさ」

「そんなつもりは」

「でも傍から見たらそうだったもん。ちなみに田代くんて今どうしてるの？　東北へ帰ったんでしょ」

私もそこまでしか知らない、と答えると、なあんだ、と彼女は残念そうに言った。

「そりゃあね、もちろん悪いのは浮気した旦那さんのほうだよ。それは間違いないけど、あんたにしょっちゅうああいう調子でやりこめられてたとしたら、よそでちょっと息抜きしたくなっちゃうのもまあわからないでもないっていうか……」

厳しいようだけど、これからの万実のためを思ってあえて言うんだからね。そう言われてしまうと、私のほうは無理にでも、ありがとう、と答えるしかなかった。

最初は、無言電話だった。私の携帯に非通知の着信が何度も繰り返されるようになった。かといって、相手がわからないまま非通知をすべて着信拒否にするわけにはいかない。仕事関連の誰かがたまたま、という可能性もあるからだ。

だんだん、夜遅く、夫のいる時にまでかかってくるようになった。ある週末の晩、台所の洗いものをしながら、ヴヴヴ……と振動しはじめた電話を無視していたら、居間でテレビのお笑い番組を観ていた夫がけげんそうに私をふり返り、どうして出ないのかと訊いた。

「どうせ、出ると切れるし。誰かわからないけど、このごろしょっちゅう」

一瞬で、夫の顔が脱色したように白くなった。

テレビから、どっと笑い声が聞こえた。その盛り上がりが一段落するまで待ってから、あるいは気を落ち着けてから、夫は言った。

「くだらないことするやつがいるよな。いやな世の中だよ」

私は、そうね、と答えて洗いものを続けた。

その日を境に、無言電話はぱたりとやんだ。夫の帰りも、前より早くなった。

わかりやす過ぎてげんなりした。彼がどんなふうに相手の女を咎め、どんなふうに女が泣き、和解だか懐柔のためにどれほど陳腐な言葉と行為のやり取りがなされたかを思うと吐き気がする。夫と今すぐ別れたいとも思わない代わりに、失いたくないとも思わなかった。べつにどうでもいい、なるようになればいい、という投げやりな気分だった。

ただ、私の側にもいくらかの変化はあった。

たとえば家の廊下ですれ違うときの偶然でさえ、彼と触れあうのがたまらなく嫌になった。彼の体から、あるいは脱ぎ捨てた服や下着から漂う匂いに耐えられなくなった。

以前なら平気だったものが今これだけ嫌になるということは、私なりに彼のことを深いところまで受け容れていたのだとわかって、初めて哀しさに似た感情が芽生えた。それさえも、他人の感情を観察しているような、どこか遠い感じだった。

相手の女が会社帰りの私を待ちぶせした時は、だからむしろほっとしたと言っていい。安っぽい内装の喫茶店で向かい合い、おなかに子どもがいるのだと言われた。何もかもが作りごとめいて、ただただ馬鹿げて感じられた。目の前のシュガーポットもクリーマーも、すべてがドラマの小道具みたいだったけれど、彼女の思い詰めた目を見た瞬間、これは現実なんだと思い知らされた。自分は夫のためにこんな目はできない。そう思った時点で、女として負けていた。奪い合うつもりもない男のために、どうしてこんな敗北感を味わわされるのか納得がいかなかった。

財産分与や慰謝料についてなど、すべての話し合いがついて離婚が成立するまで、たったの二か月ほどしかかからなかった。家を出ていったのは夫のほうだし、おなかの子どものことがあるからか、事務手続きも先方主体で滞ることなく進められた結果だった。

疲れが澱のように心の奥底に溜まっていく気はしたけれど、夫への未練はこれっぽっちもなかった。私の中で、彼はもう、とことんどうでもいい人になってしまっていた。

「万実って、そういう薄情なところあるよねえ。何にでも醒めてるっていうか、傍観者っぽいっていうか」

さきの友人は私にそうも言った。

「頭のいい人ってそうなのかな。答えが先に見えちゃって、無駄な抵抗をする気にならないのかもしれないけど、あたしら凡人には先のことなんかわからないぶんだけ、そういう態度が冷たく見えることがあるよ。万実には、他人が馬鹿に見えてしょうがないんじゃない？」

そんなことないよ、と口をはさむ隙もなかった。

「あたしらみたいなごく普通の人間はさ。万実ほど優秀でもなければ強くもないから、何か起きればもっとじたばたするし、時には魔が差して道を間違っちゃうときもあるんだよ。しょうがないよ、人間だもん」

まるでこちらが人間ではないかのような口ぶりに、反論しようとして、やめた。今ここで何を言っても、また冷たいとか正論がどうとか言われることがわかりきっていたからだ。

でも、黙りこんだとたんに鳩尾のあたりがぎゅうっと収縮するみたいにこわばってきて、私は、ああ自分はいま怒ってるんだな、と思った。

それから、再び思い直した。

怒っているのではなかった。私は、傷ついていたのだった。

＊

もうずいぶん前の友人とのそんな会話を、急に思いだしたのにはわけがある。いま新幹線で向かっている先が東北だからだ。

私の勤めている生活雑貨の企画販売会社では、来季から和の食器や雑貨にも力を入れていくことが決まった。まず最初に選ばれた案が、新進気鋭のプロダクト・デザイナーたちと東北の伝統工芸とのコラボレーションだった。

岩手からは南部鉄器の鉄瓶。秋田は樺(かば)細工の茶筒や茶さじ。宮城や福島は漆器類、青森はこぎん刺しをほどこしたリネン類。

今回の出張は、直属の上司である佐々木係長と二人、オリジナル商品の製作を頼んでいる各地の作家や職人さんとじかに会うのが目的だった。現場を見せてもらいつつ、細部を詰めてゆければなおいい。

東北を訪れるのは何年ぶりだろう、と指を折ってみる。

学生時代から付き合っていた田代くんの郷里は、青森だった。一度だけ実家にも遊びに行ったことがある。いまは初夏だけれど、あの時は真冬だった。町で小さな写真館を営んでいる彼の実家に泊まらせてもらい、家族みんなでせんべい汁を囲んだり、二人してスキーに出かけたり、帰りに温泉に寄ったりした。楽しかった。尻に敷いているつもりなんて全然なかったのに、傍からはそう見えていたのかと思うとあらためてショックだった。あの当時、田代くん自身はどう思っていたのだろう。

おとなしい人ではあった。無口だとか内気だとかいうのではなくて、ふつうに冗談も言えば男友達とふざけたりもするのだけれど、何があろうとめったに感情を波立たせることがないのだ。ふつうに言えば忍耐強いのだろうけど、彼には何かを我慢しているという風情（ふぜい）そのものがなかった。身に降りかかるものすべてを柳に風と受け流す感じは、今どきのスルースキルともまたちょっと違って、もっと自然なかたちで彼の人となり自体に備わっている品格のようなものだった。

私のほうは東京生まれの横浜育ちで、思ったことは何も我慢せずぽんぽん言ってしまう性格だけれど、田代くんはそれさえも、

「裏表がないってことだから」

笑って認めてくれていた。

「万実ちゃんといると、言葉に隠された意味とか本音と建前とか、いろいろ考えなくていいから楽だよ」

「何それ、私が単純だって言いたいの？」

「違う違う。真っ正直なところがいいって言ってるの」

お互いの間でちょっとした諍いが勃発した時でもそうだった。たいていは最後に田代くんのほうが、「わかった、ごめん」と折れてくれた。

でも、あの時だけは違った。

就職した先の家電メーカーで、せっかく有望株として上司からも目をかけられていたのに、彼はとつぜん、郷里へ帰って実家の写真館を手伝うと言いだしたのだ。

写真——といえば、そのころ同じゼミでわりと親しかった後輩の女の子が、誰だったか有名なカメラマンに弟子入り志願したとかで、日々の授業に通いながらも助手の仕事を必死にこなそうとしていたのを覚えている。噂によると最近はファッション誌なんかでクレジット入りの仕事もしているらしい。きっと私なんかには想像もできないくらい、華やかできらびやかな世界なんだろう。

でも、田代くんが手伝うと言っていたのはそういうのじゃなくて、こう言っては何だけれど、本当に古くて小さな、田舎の町の写真館なのだった。正直なところ、たとえ閉館してしまったとしても本当に困る人はいないんじゃないかと思うくらいの。

その少し前にお父さんが心臓病で入院したことは聞いていたけれど、手術は問題なく成功したというし、薬さえ服んでいれば命に別状なしとのお墨付きももらったはずだ。幸い震災の被害は免れたそうで、実家にはお母さんと妹さんだっている。げんに彼自身も、家族が心配だというのとはちょっと違う、と言う。ならばなおさら、どうして彼が将来性ある仕事まで辞めて郷里に帰らなくてはならないのか、いくら説明されても私には理解できなかった。

でも、田代くんは、いつもと違って「わかった」とは言わなかった。

ただ最後に、「ごめん」とだけ言った。


同行の佐々木係長は、さっきから隣で居眠りをしている。おかげで私はずっと物思いの底に沈んでいることができる。

窓の外には眩しい田んぼがどこまでも続いていた。新旧が入り混じる家並みに目を凝らす。

距離というものは、時間の経過とともに広がっていく。こうして新幹線に乗ってしまえば三時間ほどの距離なのに、実際には五百五十キロを隔てた田代くんとの関係はその後だんだんと疎遠になってゆき、結局、穏やかな話し合いの末に終わりにしようと決めてからは一度も会うことがなかった。

五年ぶりに顔を合わせたのは、ありがちだけれど去年の秋にひらかれた同窓会の席だった。卒業してから初めてのその会に、いっそのこと友人たちにまとめて離婚の報告もしてしまえ、と思いきって出かけてみたら彼がいたのだ。

顔つきが、以前よりも精悍になっていた。そのことに自分でも思いがけないほど狼狽し、

「日焼けしたね。どっちが前かわからないくらい」

苦しまぎれの憎まれ口をきくと、田代くんはなぜか嬉しそうに笑った。白い歯が眩しかった。

「何かの用事で東北方面へ来ることがあったら、きっと連絡してよ」

と彼は言った。

「連れていきたい店があるんだ。地酒のいいのを置いてるとこ」

五年ぶりの誘いの言葉が地酒だなんて、いったい私をどういう女だと思っていたか
それでわかるよね、と二人で笑った。

付き合っていたことは周知の事実だから、私たちがそうして話している間は友人た

ちも気を遣ってそっとしておいてくれたけれど、そのわりに会話の内容といったら他愛のない思い出話と世間話ばかりだった。ほんの少し特別な空気が漂ったとすれば、田代くんが私に飲みものを手渡してくれた時だけだ。

ふっとわずかに手を止めて、彼は言った。

「その香水、変えてないんだね」

びっくりした。シャネルのクリスタル・オー・ヴェルト。〈緑の水〉の名の通り、清々(すがすが)しい柑橘(かんきつ)系の香りが好きで、めぐり合ってからずっとこれ一筋に決めている。ウエストのあたりに控えめにひと吹きするだけなのに、鼻のよく利(き)く田代くんはいつも、万実ちゃんはいい匂いがする、と褒めてくれていた。

「覚えてたんだ、そんなこと」

彼はむしろ心外そうな顔で、もちろん、と言った。

＊

出張一日目は、福島だった。

ひとことで福島と言っても、海から離れたこのあたりでは震災の影響はそこまで深刻ではなかったかもしれないけれど、きっと、見えているものばかりがすべてではない。私の今見ている景色は、昔からここに住む人たちが知っていたそれとはきっとどうしようもなく違ってしまっているんだろう。

そう思うと、ただ道を歩くだけで、あるいは笑顔の人とすれ違うだけで、しくりしくりと刺すように胸が痛んだ。あの日には安全な場所にいた余所者が、後になってたまたま訪れたからといってそんな感傷を抱くことそのものがひどく不遜で無神経に思え、出会う人たちからせっかく温かく接してもらっても、どこか疚しさに似た感情が消えなかった。

夜には宮城に入り、そして翌日の午後は岩手へと移動した。打ち合わせに加え、各方面への接待などもあって、それこそ美味しいはずの地酒にも酔うに酔えないまま夜は更けていった。

打ち合わせにしたって、営業担当同士の話し合いのようにさくさく進むわけじゃない。現場の作り手にはそれぞれに、自分の作品への矜持というものがある。こちらがいくらこういうものを作りたいと言ったところで、販売会社やデザイナーサイドの思惑に二つ返事、とはならないのだ。

盛岡で南部鉄器を作り続けている職人の内田さんとは、注ぎ口の曲線を巡って押し問答になった。この件のプロダクト・デザイナーが、モダンでやや直線的なカーブを望んだのに対して、

「それだば注ぐときに尻さまわって漏っちまうべ」

内田さんは憮然とした面持ちで言った。

佐々木係長が続いて提案した、持ち手をもう少し細く華奢に、という注文にも、

「南部鉄器ってのはな、こんたふうに重だぐてナンボのもんだ。なのに、そったに細いもんくっつけてどうする。すぐ変形しちまうし、ぶらさげるたんびに手さ食いこんで、あんべわりいべ」

そこをなんとか限界ぎりぎりで、と係長が頼みこむと、

「おげれってくだんせ」

丁寧に言われて背中を向けられてしまった。

わからない顔をしている私たちを見かねてか、そばにいた奥さんがすまなそうに通訳してくれた。何のことはない、どうぞお帰り下さい、という意味だった。

とはいえ、気の重いことばかりではなかった。三日目に入った青森では、こぎん刺しの工房を訪ね、そこの女性たちと仲良くなって、私も刺し方を教えてもらったりし

た。

津軽地方に伝わる刺し子の技法のひとつで、「こぎん」とはその昔、高価な木綿を着ることを禁じられた農民たちが着ていた麻の野良着のことだという。目の粗い麻布では、この地方の厳しい冬の寒さをしのげない。そのため、ぎっしりと刺繍を施すことで温かさを確保し、同時に、擦り切れやすい肩や背中の生地を丈夫にしていた。つまりこぎん刺しは、この地に生きる人々が保温と補強のために生み出した知恵の結晶だったのだ。

濃い藍色の麻布に白い糸でぱっきりと描きだされた幾何学紋様には、うろこ、豆コ、結び花、馬の轡、などなど個性的な名前がついていて、見ようによってはとてもモダンだし、一方でどこか東欧あたりの伝統刺繍と共通するフォークロアな匂いも感じられる。

「このこぎん刺しを、あえて白い麻布の上に刺してみてはどうかと思うんです」

お茶を淹れてひと休みとなった時に、私は話を切りだした。同じ女性同士の目線で話したほうがいい、と私に耳打ちしたのは佐々木係長だった。

「白い布さ？　濃い色の糸でが？」

中でもいちばん年かさの山口さんという女性が、お茶をすすりながら言う。

「いいえ。これまでどおり、白い糸で」

「白さ白？　それだば刺繡がよぐ見えなぐなってまるべさ」

「ええ、確かに濃い色の生地に刺繡するほどくっきりはしません。でも、光の加減や見る角度によって、白地に白い刺繡が浮きあがる様子は、きっとどんなにか美しいだろうと思うんです。あるいは生成りの麻に白い刺繡も綺麗でしょうね」

長机を囲んだ十人ほどの女性たちの目がそれぞれ、白地に白、を思い浮かべようとして天井を仰ぐ。染める前の布の上に白糸をのせてみて確かめる人もいる。

「ランチョンマットや、テーブルセンター、あるいは枕カバーやベッドカバー。それぞれをシリーズで展開していけば、きっとすばらしく上質で、現代的で、洒落た逸品に仕上がると思うんですよ」

「だばって、大きいもんだばどうしても高ぐなってまるよ。買ってける物好きがどんだけいるべなあ」

「差別化をはかれば大丈夫だと思います」

「差別化って？」

「ほかの量産品とは物が違うんだというメッセージを、買い手にも伝わるようにしっかり打ち出してゆくということです」

私は一生懸命に訴えかけた。

「高価なのは手間と人手がかかるし技術も要るからで、これこれこういう環境で、こんなに思いを込めて作られたものなんだ、と。人件費の安い海外の手刺繍とはまったく違うし、ましてや工業製品とも違う、ほんとうに歴史と価値のある質のいいものなんだ——ということを、ひとつのストーリーとして伝えていければ、わかった上で手に入れたいと思う人が必ずいるはずなんです。ただ、今の時代にそういう、物の値打ちに敏感な人たちが暮らしている家のインテリアは、多くの場合モダンで、シンプルで、これまでの伝統的なこぎん刺しのような民芸っぽい雰囲気のものを持ち込むにはちょっと難しいだろうと思うんですね。でも、白地や生成りに白の刺繡なら……」

「はあー、んだがんだが。上のひとはハイカラなもの好ぎだはんでなあ。刺すほうはまなぐ痛ぐなりそうだばって」

「まなぐ？」

「目だよ、目」

と別の女性が言う。

「あ……」

ぎくりとした。

こぎん刺しは、織られた麻布の奇数の目を拾って刺すのが特徴だという。それでなくとも細かい作業だというのに、しかも白地に白。

慌(あわ)てて頭を下げる。

「ごめんなさい！　安易に考えていたわけではないんですけど、そこまでは想像が及びませんでした」

「したばって、やってやれねことはねべな。うだでことやるほうが、燃えるっきゃ」

いたずらっぽく笑った山口さんが、ねえ、と仲間を見渡す。

「うだでこと？」

「難しいこと！」

通訳してくれる人も笑いだす。私も、思わず笑ってしまった。

足を運んで良かった、と初めて心から思った。実際に人と会ってみなければわからないことがある。冬が厳しい土地の人々は頑固で偏狭だなんて言われたりもするけれど、そんなの嘘だ。このひとたちはただ、強くならざるを得なかっただけだ。しなやかで、強い。それはつまり、最強だということだ。

「ありがとう、ございます！」

佐々木係長と並んで深々と頭を下げながら、胸がひりつくほどの憧(あこが)れを覚えた。

＊

　ようやく四日目の土曜の朝、ありがたいことに空はきれいに晴れていた。ひと足早く東京へ戻る佐々木係長を、私はホテル前のタクシー乗り場で見送った。

「おう、そうだ。ゆうべ遅く、意外な人から電話があってさ」

　まだ四十代になったばかりなのに頭頂のあたりが心許（こころもと）ない係長は、ロータリーを吹き抜けてゆく風を気にかけながら言った。

「誰だと思う」

「見当もつきませんけど」

「南部鉄器の内田さん」

「え」

「例の鉄瓶の件、何とか手立てを考えてみるから時間をくれ、とさ」

　そんなばかな、という顔を私がしていたのだろう。係長はおかしそうに笑ったあとで、お手柄だな、と言った。

「どうしてですか」

「たぶん、きみが気に入られたんだよ」

「は？」

「ほら、おととい工房を訪ねた時に、風鈴の音色に聞き入ってただろ。えらく懐かしそうにさ」

　商品ではなくて、開け放たれた窓の外、軒下にさがっていた古い風鈴だった。初夏の風に揺れるたび、針の落ちるような音が涼やかに響く。ずっと昔、夏休みに母方の田舎へ行った時、縁側で祖母とおはじきをしながら聞いたのとまったく同じ音色だった。そういえば内田さんの奥さんには、そんな話もちょっとだけした。

「最近じゃ、軒先に風鈴さげると、隣からうるさいって苦情が来ることもあるらしいぞ。せち辛い世の中になったもんだよな」

「でも、まさかあれくらいのことで……。係長の熱意が通じたんじゃないですか」

「じゃあ、そういうことにしとくか」

　係長は、ようやくロータリーに入ってきたタクシーに手を挙げて合図した。

「ま、この週末はゆっくり楽しんできなさい」

「ありがとうございます」

「古い友だちと会うとか言ってたけど、そんな格好でいいの」

「え？」

「もうちょっとお洒落したほうがよかったんじゃないの」

「やめて下さいよ、そんなんじゃないですから」

係長の乗り込んだタクシーが見えなくなるまで見送ったあと、私は建物の中に戻り、ロビーに視線をさまよわせた。

チェックアウトを待つ人たちで混み合うフロントから少し離れたところで、田代くんがソファから立ちあがり、ひょいと手をあげる。清潔な白いシャツにチノパン。私とそう変わらない格好にほっとした。

「おはよう、ございます」

なんとなく照れくさくて、お互いにおずおずと頭なんかさげてみる。

「待たせてごめんなさい」

「いや、さっき来たばかりだよ。さっきのは会社の人？」

「そう」

「やり取りしてる感じが、なんだかすごくデキる女っぽかった」

「ぽかった？　ぽかったって何」

「とりあえず、お疲れさん」

苦笑混じりに私の手からかばんを取り、地下の駐車場に停めてある車まで案内してくれる。

助手席のドアを開けて乗り込むと、ずっと忘れていた田代くんの匂いがした。忘れていたくせに調子がよすぎるけれど、ふと嗅いだとたんに、あの頃ふたりの間にあった空気が一気に甦った。

かつて私たちに起こった出来事のディテールはすでに記憶の彼方なのに、匂いによってあの頃の感情だけがありありと思いだされる。そのもどかしさが切なさを呼ぶのかもしれなかった。

私のまとっているオー・ヴェルトの匂いに、田代くんは何を思いだすんだろう。

(そんなんじゃないですから)

胸の内でくり返す。

でも、とにもかくにも今から明日の晩までは、まるまる自由に使える時間だった。

お昼に姫鮎の塩焼き定食を食べながら聞かされたところによると、私が同窓会に出席するかどうか、田代くんは幹事に電話をして確かめたそうだ。

「でなけりゃ、わざわざ東京くんだりまで出かけていくわけないじゃない」

と、彼は言った。

「万実ちゃんのほうこそ、」

言いかけて咳払いする。

いいよ、その呼び方で、と私が言うと、彼はほっとしたように続けた。

「万実ちゃんこそ、僕が来るかどうか気になったりは全然しなかったの？」

「全然しなかったよ？」

「……ふうん」

納得いかない様子の彼を、思わずふきだしながら眺めやり、お新香をぽりぽり嚙みしめる。

結婚も、夫の浮気も離婚もひととおり経験し、さらにはそろそろ三十代半ばにさしかかろうというのに、昔の恋人と差し向かいで焼き魚なんかむしっているだけでこんなにも気分が華やいでいる。浮かれた自分がどこかで後ろめたく、同時に面映ゆかった。なんだかこう、授業を自主休講にして遊んでいる時みたいな気分だった。いつのまに背負う荷物が増えたのか、心も身体もずいぶん重たくなっていたらしい。店の窓から吹き込む六月の風に髪をなぶられていると、あの頃のように心が少しずつ軽くなっていくのがわかった。

と、その時だ。かばんの中で振動音がした。

土曜の昼下がりに誰だろう。もしかして、仕事の急用……？

胸騒ぎをおさえながら取りだしてみるなり、息を呑んだ。手の中で振動を続ける携帯を凝視していると、

「あ、僕のことなら気にしないでよ」

田代くんが言った。

「ごめん。じゃ、ちょっとだけいい？」

「もちろん。ごゆっくり」

席を立ちながら耳にあて、小走りに店の外へ出る。

「……もしもし」

応えると、電話の向こうであからさまな安堵の息が漏れるのがわかった。

〈よかった。出てくれないかと思った〉

耳にざらりとする声で、かつての夫は言った。

〈いや、急に電話してごめん。今、ちょっといいかな〉

よくはない。全然よくはないが、彼の声を聞くのは二年ぶり、いやもっとになるだ

ろうか。何の用かは気になる。

「ちょっとだけなら」

答えると、彼は、ありがとう、と言った。

〈どう。元気にしてる？〉

「おかげさまで」

言った後から、別れた夫に対してそのセリフはけっこうな皮肉に響いただろうと気づいたけれど、弁解するのもおかしい。かわりに儀礼的に返す。

「そちらは？」

〈まあ、なんとか〉

「いきなりどうしたの。何かあった？」

〈そういうわけでもないんだけど、ちょっとさ、どうしてるかなと思って〉

「は？」

〈いや、あの……ゆうべ、変な夢を見てさ。何ていうかその、きみが変なトラブルに巻き込まれる夢で。そういうのって、気になるじゃない〉

「まさか、それだけで電話してくる気になったわけ？」

彼は黙っている。本当はまだ何かありそうだとわかってしまうのは、やはりたった

二年でも一緒に暮らしたからなのだろうか。そのこと自体を苛立たしく思いながら、何をどう言うべきか迷っていると、

〈あのさ〉

とても切りだしにくそうに彼は言った。

〈今、誰か相手はいるの？〉

「相手って？」

〈だからその、付き合ってる人とかさ〉

私は黙った。

ようやく口をひらく。

「それが、あなたと何の関係があるの？」

〈あ、うん、ごめん。それはまあ、確かにそうなんだけど〉

やけに歯切れが悪い。じれ始めた私の側の空気を感じ取ったのか、彼は慌てて言葉を継いだ。

〈俺さ……。俺、じつは、あいつと別れたんだ〉

意味が脳にまで届いたとたん、

「はあ？」

声が裏返ってしまった。

「だって、そんな……子どもは？」

〈生まれてないよ〉

「――どういうこと、それ」

〈ずっと嘘ついてたんだ、彼女〉

「嘘って、そんなまさか」

〈いや、マジで。子どもなんか、最初から出来てなかった。四か月目くらいまでは妊娠してるふりを装(よそお)って、その後は、想像妊娠だったんだとか早期流産だったかもしれないとか、わけのわかんないこと言ってヒステリー起こしてたけど、後から考えれば俺にもわかるよ。あれはそもそもの初めから、俺の逃げ場をなくすための嘘だったんだって〉

　言葉も出ない。

〈正式に別れたのはもう、三か月ほど前のことになるけど……〉送話口に、苦笑いの鼻息がかかる。〈やっぱ、あれだよな。人の不幸の上に築きあげた幸せなんて、脆(もろ)いもんだよな〉

　久々に、血が滾(たぎ)るほど頭にきた。

「――ちょっと待って」

〈や、誤解しないでほしいんだ。こうして電話する気になったのはべつに、あっちが駄目になったからこっちとかいうわけじゃなくて……ただ、俺は本当に大事なことを間違えたんだなって。あんな取り返しのつかないことをして、あれほどお前のこと傷つけておいて、自分たちだけ幸せになろうだなんてさ。だからこれも、許してもらおうとかいうんじゃなくて、ただ謝りたかったっていうか、〉

「ちょっと待ってったら」

我知らず大きな声になった。後ろの店から出てきた家族連れの客が、私の横をすり抜けざま訝しそうにふり返る。

もう、五分ほども経っただろうか。待たせている人のことが気にかかりながらも、どうしてもこれだけは言わずにいられなかった。

「ねえ。あなた、さっきから私にどれだけ失礼なことを言ってるか、わかってる？」

〈あ、ごめん。何か気に障ったんなら、〉

「そう。やっぱり自覚はないってことね」

こういう人なのだ。致命的に想像力が欠けている。以前はそれを、男によくある脇の甘さだと思って目をつぶっていられた。でも、今は――。

深く息を吸いこむ。

「幸せ自慢をどうもありがとう」

〈え？〉

「『人の不幸の上に』だろうが何だろうが、少なくともいっときは彼女と二人で自分たちだけの幸せを築けたんでしょ？　あなたの言ったのはそういうことよね？」

〈あ、いや、〉

「それが後でどんな結果に終わろうが、私の知ったことじゃないし、もっと言えば、私はべつにあなたと別れたからって不幸になんかなってませんから。離婚だって、取り返しのつかないことどころか、さっさと答えが出せて良かったと思ってるくらいですから。そこんとこ、自分に酔っぱらって勝手に自惚(うぬぼ)れないでほしいの」

〈そ、そういう意味じゃ、〉

「それと、最初の質問への答えだけど。相手くらい、とっくにいます。だからもう、おかしな夢だか何だか見たくらいで電話とかしてこないで。迷惑だから。あなただってもういい歳(とし)でしょ？　何かあるたんびに他人に流されたり、手近なところに泣きついたりするんじゃなくて、いいかげんに自分で自分の人生引き受けて、自力で幸せになる努力をして下さい。以上。お元気で、さようなら」

答えを待たずに携帯を耳から離し、接続を切る。

さんざん勇ましいことを言い放ったものの、画面を押した人さし指が、おかしいほどぶるぶる震えている。

ああ、私、こんなに怒ってるんだ、と思った。

今度のは、正真正銘まぎれもなく、怒りだった。

*

右へ、左へ、登りのカーブが続く。木漏れ日の降り注ぐ道はまるで柔らかなトンネルのようだ。

車で走ること一時間ほどで、私たちはもう、深い山の中にいた。木々の影がボンネットをするすると愛撫(あいぶ)しては後ろへ遠ざかっていく。

田代くんは、誰からの電話だったか訊かなかった。店の中へ戻った私が、ごめんなさい、昔の知り合いからちょっと、と謝ると、頷(うなず)いただけですぐにこのあとの行き先について話し始めた。興味がなかったわけではなくて、たぶんそれが、いきなり疲れた顔になって戻ってきた私への彼なりの気遣いだったのだろう。

どうして、と思ってみる。どうしてよりによって今日という日を選んだかのように電話がかかってきたのだろう。

でも、人生というのは得てしてそういうものなのかもしれない。同時多発的な出来事が、特別な日に示し合わせたかのように起きるようにできている。

（特別な日――？）

そうか、今日は特別な日だったんだ、と後から追いかけるように思った。私は、今日を特別な日だと思っていたんだ、と。

例の女友だちは私のことを醒めていると言ったけれど、そうではないのだ。私は、自分の感情をいつもこんなふうに少し後からしか自覚することができないだけなのだ。ちょうど、体の中に時差があるみたいに。そのせいでつい、相手への反応が遅れ、淡々と醒めているかのように誤解される。

横目でそっと、運転している田代くんを盗み見る。

〈今、誰か相手はいるの？〉

そんなんじゃない、とは何度も思おうとしてきた。

でも本当は、あの同窓会に彼が来てくれることを強く願っていた。わざわざ幹事に確かめるまでの勇気はさすがになかったけれど。

「前に万実ちゃんが来た時は、雪が深くて入れなかったもんね」

林道の入口に車を停めて降り立つと、田代くんはにっこりした。

「よかったよ。緑がいちばんきれいなこの季節に案内できて」

青森と秋田の県境に横たわる白神（しらかみ）山地。田代くんの生まれ育った町は、世界遺産にも登録されたその白神山地のブナの原生林に隣接している。さっきから私たちがくぐってきた緑のトンネルも、他の木は混ざっていない、すべてブナだけの林なのだ。

「ブナの林コ、おらどのダムだど、ってね」

おどけた調子で笑う。

「おかげで、このあたりの水はほんとにうまいんだよ。世界一うまいと思う」

縄文時代に生まれたという、手つかずの原生林。降り注ぐ雨は気の遠くなるような年月をかけて地下に浸透し、不純物のない清水となって再び地表に湧（わ）き出てくるのだと彼は言った。

関東でよく見かける広葉樹や針葉樹の林は、木が沢山生い茂れば茂るほど薄暗く感じられるのに、ブナの森は違っている。頭上で折り重なる小判状の葉が光に透ける様はまるで繊細な色ガラスの伽藍（がらん）のようで、木漏れ日に向かって手を差しのべると、指の先まで透きとおった黄緑色に染まる。一眼レフを首に提げて前を行く田代くんの白いシャツも。

きっともう、肺の中まで森の色だ、と思いながら、私は何度も何度も深呼吸をした。この季節でもひんやりと冷たい空気が、渇いて疲れきっていた細胞の一つひとつをふっくらと潤してくれるようだ。

整備された遊歩道をどれくらい歩いただろうか。ふと、田代くんが私を手招きしながらしゃがみこんだ。

指さす足もとを見れば、双葉をひろげた貝割れ菜みたいな新芽が十本くらい、一か所からまとまって生えている。

私も、彼と並んでしゃがむ。地面が近くなったとたんに、朽ちた落ち葉の匂いが顔を包んだ。少し酸っぱいような、ほろ苦いような、でもとてもみずみずしくて清潔な匂い。六月とはいえ、ここでは雪どけからまだそんなにたっていないのだ。

田代くんが指先で新芽の根元を軽く掘ってみせてくれる。ひょろりとした緑の芽の根元や葉先には、まだブナのどんぐりがくっついている。割れ目の入った甘栗みたいだ。

「ここだけじゃないよ」

指さすほうへ目を凝らすと、木々の足もとのあっちにもこっちにも、同じようなかたまりが見つかる。人のあまり入らないはずの山奥で、その光景はなんだかとても奇妙なものに見えた。

面白いでしょ、と田代くんが微笑む。

「どうしてこんなふうにかたまって生えてくると思う？」

さっぱり見当がつかない。私が首を横にふると、田代くんは言った。

「じつはね。リスのしわざ」

「リス？　って、あのリス？」

「そう。秋が深まるとあいつら、ブナの実を拾い集めては、せっせと地面を掘って埋めておくんだ。冬場の食糧にね」

「そんなに賢いの？」

「たいしたもんだろ？　で、たいていは埋めた場所を覚えてて、雪が積もってもちゃんとその下から掘り出して食べるんだけど、いくら賢いってもまあ、しょせんはリスのすることだからさ。時々うっかり忘れちゃうらしいんだな。それが、春になって雪が溶けた頃から順ぐりに、こうやってまとまって芽を出すってわけ」

途中から私は笑いだしてしまっていた。想像すると、愛らしくてならなかった。

用意周到に埋めはしたものの、けろりと忘れてしまうリスたち。きっと、自分が何かを忘れたことさえも覚えていないのだろう。

人間もそれくらいきれいさっぱりと、過去を地面の奥深く埋めて忘れてしまえたらいいのに……。

ちょっとぼんやりしてしまったのかもしれない。名前を呼ばれて顔を上げると、田代くんが気遣わしげに私を覗き込んでいた。

「大丈夫？」

「あ、うん、もちろん」

「ごめん。疲れてるとこ、調子に乗って引っ張り回しちゃって」

「ううん、全然」

慌てて首をふり、私は言った。

「それで、このかたまりはこれからどうなるの？」

「たぶん、中でも勢いのいいのだけが大木に育つだろうね」

そうか。植物の世界でも、強い者が生き残るのか。

足もとの〈貝割れ菜〉の束から目を上げ、周りを取り囲むブナの幹をたどって梢までを見上げる。この中のいったいどれが、リスの植えた木なのだろう。揺れてはざわめき、折り重なる無数の葉の上に、まばゆい太陽がきらめいている。

「なるほどね。つまり、リスたちもこのブナの森を作っているってことなのね」

返事が返ってこない。

隣へ視線を戻すと、田代くんは私を見ながら灼(や)けた顔をくしゃくしゃにしていた。

「毎年、雪が溶けた後にこれを見るたびに、万実ちゃんの名前を思い浮かべてた」

そして、うまく口がきけずにいる私の手に、今日初めて触れた。ざらりとした指先の感触も、ぐっと濃くなる彼の匂いも、まったくいやだなんて思わなかった。


写真館の二階が、今は田代くんの住まいだった。実家とは離れてここで独り暮らしをしているのだと彼は言った。

スタジオの壁には、たくさんの写真が額に入れて飾られている。ほとんどは地元の人たちの折々の記念写真だ。

見入っていると、

「風呂(ふろ)、沸いたよ」

階段を下りてきた田代くんが言った。

「布団(ふとん)も敷いてあるし。……って、何見てんの」

「ん？　凄いなあと思って」

「何が」

「これ、みんなあなたが撮ったんでしょう？」

「まあね。それが仕事だし」

お宮参り、七五三、入学式、成人式、結婚式、金婚式……。田代くんの人柄だろうか、どの人もみんな、すごく自然な笑顔で写っている。

「そう言えば、こないだなんか、八十近い爺さんが樟脳の匂いのぷんぷんする背広着こんでやってきてさ。何かと思ったら、『今のうちに撮っとがねばなんねがらな』って」

「もしかして」

「そう。自分の葬式の遺影に使う写真だって」

見事だよな、と彼は言った。

ほかに、震災にあった川べりの町の写真もあった。一か月おきに出かけていっては、同じ場所、同じアングルで撮り続けた写真だという。

最初は山脈のように積み重なっていた瓦礫が、だんだんと片付けられて道となり、人々の姿が見え始め、濁流に押し流された橋が再び架かり、崩れかけていた家が新たに建て直され……。

「御両親はお元気なの？」

「ぴんぴんしてるよ」

「お父様の心臓は？」

「一病息災ってやつじゃないかな。それか、『憎まれっ子世にはばかる』のほうかも」

そうして話している間も、いや、今朝会ってからもうずっと、田代くんは笑顔のまだ。何がそんなに嬉しいのかと思うくらい。

「今日も、万実ちゃんがこっちに来てるってポロッと口滑らせたら、連れてこい連れてこいってうるさくてさ。俺だって久々に会うのに、なんで親父やおふくろに大事な時間取られなきゃなんねんだっつの」

いつのまにか〈僕〉が〈俺〉に変わっていたけれど、目もとの優しさは相変わらず元のままで――。

私は、なんだかいたたまれなくなって、小さい声で言った。

「お風呂、頂くね」

＊

世界一おいしい水から作られた地酒が、世界一おいしくなるのは当然のことだ。でも、私たちが時を越えて再びこうなったのは決して、おいしいお酒に酔ったからじゃない。

一度は深く馴染んだ相手との、久しぶりの睦み合いが、こんなにも心地よいものだなんて知らなかった。田代くんの胸板はあの頃よりもずっと分厚くて、そう言ってみると、

「いやでも雪かきで鍛えられるから」

と彼は苦笑した。

にじむ汗からは、あの原生林の土を思わせる清潔な匂いがして、私はお酒よりずっと深くその匂いに酔った。田代くんもまた、私のあちこちを鼻先や舌でまさぐり、時に甘嚙みをして確かめながら、やっぱり万実ちゃんはいい匂いがする、と言った。私の最も敏感な部分を、彼はまるで顔を出したばかりの新芽を扱うような慎重さで愛お

しんでくれたし、私の軀もまた、ブナの根を深々と支える大地のような豊潤さでせいいっぱい彼に応えたと思う。

お互い、これから先のことなんて考えもしなかった。遠距離だからどうだとか、次はいつ逢えるのかとか、二人で築く未来があり得るのかとか、そんなことはすべてどうでもよかった。ただこの瞬間、相手を自分のなかの水で満たし、潤すことだけでいっぱいいっぱいだった。

腕と脚を私に巻きつけたまま、やがて健やかな寝息をたて始めた彼の隣で、私も目を閉じる。まぶたの裏側に木漏れ日が透け、木々の葉にさっきまで眺めていた町の人たちの写真が重なる。

近づく夢と、遠ざかる現のはざまで私は、自分の身体から何本もの新芽が生え、光へ向かって伸びてゆくのを感じた。おそろしいほどの昂揚と快感だった。

やがて生長し大きくひろがった枝葉は、さらなる高みから落ちてくる雨の滴を、漏斗のように受けとめて飲み干す。みどりの水に、幹が、潤う。根が、潤う。大地が、潤う。そこから溢れたものはやがて流れとなって海へとたどり着き、豊かな漁場を満たす。同じ海が、時には恵みの海となり、時には荒ぶる海となる。浜に暮らす人、川べりに暮らす人、そして森や山に暮らす人たちは、みんなそれを知っている。

足もとの大地に根を下ろす、ということ。つながりあっているのが目に見える、ということ。

あの頃、郷里へ戻りたがる彼が説明しようと試み、私がどうしてもわからなかったのは、じつはこんなにシンプルなことだったのかもしれない。

「……あのとき、ごめんね」

小声でささやくと、身じろぎした彼が、寝ぼけて何か優しいことをつぶやき、ますます強く脚をからめてきた。

——だいじょうぶ。ちゃんとつながっている。私も、彼も。森も、水も。

耳にかかる寝息は、葉先を揺らす風だろうか、それとも遠くの波音だろうか。だんだんわからなくなりながら、私は柔らかな眠りの淵(ふち)にすべり落ちてゆく。

バタフライ

　希望の車種を聞かされて、ちょっとびっくりした。

　友人の言っていた「たぶん四十代半ば」という年齢より若く見えたが、こうして挨拶(あいさつ)を交わした限りではおとなしそうな女性だったから、俺としてはなんとなくビーエムとかベンツとか、あるいはハイエンドの国産車をイメージしていた。まさかポルシェをご所望とは意外だった。

「一生に一度くらいは乗っておきたいなと思って」

　言いながら、彼女は黒いタイトスカートから伸びた脚を組みかえた。顔の作りがとりたてて綺麗(きれい)というのではないが、雰囲気のある女だった。コーヒーを運んできた店員を見上げ、にこりとする。少しぽっちゃりめで、微笑(ほほえ)むたびほっぺたの両側が窪(くぼ)むのが悪くない感じだった。

「新車でなくていいの。吉守(よしもり)さんを信頼してお任せするから、条件のよさそうなのを見繕って連絡を頂けます?」

「ボディカラーの御希望とかはありますか」

「そうね。白か、せいぜいシルバーかなあ。目立ちたくて乗るわけじゃないから」

「わかりました。これから社に戻ったらすぐに探して、状況がどうあれ、一両日中には必ず、私のほうから一度ご連絡を入れるようにします」

その答えを、相手は気に入ったようだった。あらためて軽く値踏みするような視線でこちらを見ると、またえくぼを作った。

「ありがとう。よろしくお願いします」

と、彼女は言った。


仲立ちしてくれた友人は、大学時代に同じサークルにいた安藤という男だ。彼は薬学部、俺のほうは経済だったせいもあって、当時から個人的に特別親しいというほどではなかったが、数年前のOB会で久々に話したのをきっかけに俺から車を買ってくれるようになり、そのまま付き合いが続いている。人間関係の機微みたいな部分でちょっと間の抜けたところはあるにせよ、まあ悪いやつではなかった。

卒業後、メーカーに勤めた後に調香師として独立した安藤は、このごろではメディアに採りあげられることも多い。生まれ持った顔のおかげもあるんじゃないかと思ってしまうのは、多分に俺のやっかみなんだろう。ともあれ、やつが満を持して青山に出したオリジナル・アロマグッズの店の共同出資者が、小沢志織（おざわしおり）――今日会ってきたあの女というわけだった。彼女が車を買い換えたがっていると聞いた安藤が、わざわざ俺を紹介してくれたのだ。

聞くところによると小沢志織は、とくに美容業界に多くの顧客を持つPR会社の経営者とのことだった。安藤の店のほかにもサイドビジネス的に出資している先がいくつかあり、そのどれもが現時点では一応の成功をおさめているという。ああ見えて商売にかけては目端が利（き）くらしい。

その晩になって、どうだったかと（いささか恩着せがましく）電話してきた安藤に、俺は単刀直入に訊（き）いてみた。

「もしかして、付き合ってんの？」

携帯の向こう側でやつが苦笑をもらすのがわかった。

「旦那（だんな）持ちだよ」

「だからって、それとこれとはまた別だろう」

「へえ。お前ってそういう考えのヒトなんだ？」

「そうじゃないけど、大人の事情もあるのかなと思ってさ」

　安藤が最近、つきあい始めたばかりの恋人にあっけなくふられたことは酒の席で聞かされていた。どうせまた自覚もないまま地雷を踏む失言でもしたんだろうと思ったが、それは言わなかった。

「ただのビジネスパートナーだよ」と、安藤は言った。「それ以上でも以下でもない。今回お前に紹介したのとおんなじで、たまたま知り合いにつないでもらった縁っていうだけでさ、一度もそういうことにはなってないよ。要求されたとしても、どうかなあ。正直言って好みじゃないし」

「向こうもそう思ってるかもな」

　冗談を言ったつもりはないのだが、安藤はおかしそうに笑った。

「小沢さんは、それこそ、吉守みたいなのが好みなんじゃないかな」

「は？」

「何の話の時だっけかな。ああ、うちのメンズ用フレグランスのモデルを選んでた時だよ。男の筋肉の作りだす陰影に惚れぼれするとか言ってたから、たぶん、お前くらいマッチョなほうが好みなんじゃないの」

　旦那はいるが、子どもはいないはずだと安藤は言った。その旦那というのが彼女の会社の経理を担当している関係で、やつも一度会ったことがあるという。対外的な交渉ごとや決裁権などはほとんど彼女の側にあっても、実際に金を動かす役割は旦那に一任されているということらしい。

「大学教授みたいな感じでさ。優しそうだけど、ちょっと神経質っぽい人だったよ」

どこがマッチョ好きなんだよ、と俺はひそかに思った。

中古の白のポルシェは、懇意にしているディーラーの伝手ですぐに見つかった。年式は去年のものだが、法人名義で走行距離六千キロ、タイヤの溝もまだまだきれいで、名義変更さえすればすぐにでも乗れる状態だった。

こんなご時世でも、税理士から経費をもっとつかえと言われ、最初の車検が巡ってくる前に次々と新車に乗り換える連中がいる。彼らは下取り価格がいくらであろうがあまり気にしない。どうせ会社の金で、自分が損するわけではないからだ。

かといって、俺の仕事をボロ儲けだなどと思ってもらっては困る。よほどの事故車でもない限り、下取り・販売価格ともに、年式や走行距離、市場での人気などと照らし合わせての一応の相場というものがあるし、百万で下取りをした車がたとえ百五十万で売れたとしても差額がそのまま利益になるわけじゃない。中古車販売業というのは、おそろしく経費のかかる商売なのだ。

うちは親父の代からこの仕事をしていて、店舗と修理工場、それに展示駐車スペースの半分ほどは自前だが、もう半分は隣接する土地を借りている。所有地部分には固定資産税が、借地には毎月の賃借料がかかり、在庫車にはそれぞれ自動車税や維持管理費がかかる。雑誌やネットに載せる広告費もばかにならないし、さらに運営費や人件費などを引いて残った純利はといえば推して知るべしだ。一台売っての儲けなど微々たるもの、ともすれば赤字になる場合さえある。

ならばどこで稼ぐかというと、一度縁ができた顧客へのこまめなアフターサービス、それしかないのだった。

どんな小さな、あるいは厄介な修理にも快く対応し、あきれるほどの無茶を言われても決して「無理です」とは答えず、勤めを終えてからでないと時間の取れない客とは晩飯を食いながら書類を交わし、望まれれば真夜中であっても自宅まで納車する。その自宅が都内から遠く離れていることだって珍しくないから、俺自身の帰宅が午前二時三時をまわることなんてしょっちゅうだ。

仕方がない。大手のディーラーと同じことをしていたのでは、うちみたいな弱小はすぐ潰（つぶ）れてしまう。それくらいの努力は当然だった。

「じゃ、このあともどこかへ行かなくちゃならないの？」

書類作成のために落ち合った表参道の喫茶店で、小沢志織は言った。午後六時半をまわり、街は忙しさを増していた。

「いや、今日は小沢さんのために空けてあります。ゆっくり書いて下さって結構ですよ。もちろん、小沢さんのほうこそ、お時間よろしければの話ですけど」

「私は大丈夫」

会うのは三度目だ。この間まで前下がりのボブだった髪が、ベリーショートに変わっていた。フランス人の女優みたいでよく似合っているが、口に出していいかどうかわからなかった。容姿に関するコメントは難しい。褒め言葉にだって腹を立てる人間はいる。

「スポーツか何かしてるの？」

「はい？」

書類からちらりと目を上げて、彼女は言った。

「その上半身」

きた、と思った。しかもいきなり容姿にコメントだ。

「水泳をやってますけど。中学の頃からずっと」

「なるほど。それでね」

「すいません、無駄に鬱陶しくて」

くすっと笑い、俺の手渡したモンブランのボールペンを書類に走らせながら、彼女は続けた。

「ちなみに、こうして時間を空けて下さったということは、吉守さんはそのせいで今日一日、ものすごく忙しかったってことよね？」

嘘をついてもしょうがない。

「まあそうですね」

「どんなふうに忙しかったの？」

「どんな、とは」

「ほら、私の仕事はほとんどの場合、形のないものを扱ってるわけだけど、吉守さんは違うでしょう？　一日がどういう感じなのか想像もつかなくて」

欄内に彼女が書き込む文字は、まるで書き方のお手本みたいに端正だ。向かいで俺が何か喋ったところで自分の住所を書き間違えることもないだろう。

「今朝は六時起きで、半には家を出てました」

「お宅はどこなの」

「阿佐谷(あさがや)です」

「あら。うちとも近いのね。で？」

「まずは自分の車で、三鷹(みたか)にあるうちの修理工場へ行って、整備点検の済んだビーエムに乗って神奈川警察署へ向かって、車庫証明取って横浜ナンバーに名義変更して桜木町のお客さんに納車して……横浜から湘南(しょうなん)新宿ラインで戻ってきて浦和で降りて、下取りしたベンツを受け取っていったん三鷹の工場に戻って……今度は、修理を依頼されてたプリウスを目黒のお客さんとこへ持ってって納めて、かわりに預けてあった代車を引き取ってまた工場に舞い戻って、朝から置いてあった自分の車で世田谷へ行って、保険の契約書をピックアップしてお客さんの会社に届けて——その足で、ここですね」

「お昼ごはんは？」

「食べましたよ。車で移動中におにぎりを二つ」

「コンビニで買って？」

「いえ。ゆうべ炊(た)いた飯を適当に握って持ってきたやつです」

「中身は？」

「え？」

「おにぎりの具よ」

「……梅干しと、ふりかけ」

小沢志織が顔を上げ、俺を見て溜め息をついた。書類はすっかり書き終わっていた。チェックするまでもなく一字のミスも遺漏もない書類を、ファイルにまとめてカバンに収めた俺に向かって、彼女は言った。

「ごはん食べに行きましょう。何かちゃんとしたものを」


その日の晩飯は、野菜たっぷりの高級イタリアンだった。

それから十日ほどたって、きっちり整備の済んだポルシェを納車したあとに、もう一度落ち合って食事をした。その時もやっぱり小沢志織からの誘いで、今度は一流ホテルの最上階にある豪華な鉄板焼の店だった。

契約も無事にまとまったことだし、これからはうちの大切なお客さんなのだから今夜はご馳走させて欲しいと言っても聞いてもらえなかった。誘ったほうが支払うのが当然だというのが彼女の持論だった。

「だいたい私のほうがずっと年上なんだし。吉守さんだって、後輩にはおごってあげるでしょう？」

「それはそうですけど……ってか、ずっと年上って小沢さん、俺といくつも変わんないでしょうが」

カウンターの左隣に並んだ彼女は、鼻のあたまに皺を寄せて苦笑いした。

「私におべっかつかってどうするのよ」

「いや、だって俺、もうじき三十七ですよ」

「知ってる。安藤くんと同期なんですもんね」

目の前の鉄板の上では、旨そうなアワビがじゅわじゅわといい音をたてている。シェフは手もとにきっちり集中して、何か訊かれない限りこちらの会話に口をはさんでこない。

「吉守さんの御家族のこと聞かせて」

「うちですか。何の変哲もない普通の家ですよ」

あのね、と、彼女はあきれたように言った。

「この世に『何の変哲もない普通の家』なんてないのよ。自分では普通と思ってても、他人から見たらぜったい変哲だらけなの」

言われれば、まあそうかもしれない。

「もともとは、両親と俺と弟の四人家族です」

まだ皿に残っていた長芋のソテーを口に放りこみ、もっちりしゃくしゃくとした歯触りのそれを咀嚼(そしゃく)し終えてから、俺は続けた。

「二つ下の弟は就職して、もう嫁さんも子どももいて、今は転勤で名古屋に住んでます。俺のほうは親父の会社を引き継いだんで、東京を離れて暮らしたことはないですね。今は、実家のすぐ近くに部屋を借りて独り暮らししてます」

「御両親と一緒じゃ、女の子を引っぱり込めないから？」

「っていうか、いい年した男がいつまでも親と同居ってのも、何だかなって感じでしょ。ただ、親父がここんとこ入退院を繰り返してるもんで、ほっとくわけにもいかないんですけど」

「入退院って？」

「肝炎と癌(がん)で」

彼女は真顔になって俺を見た。

「一応、癌に関しては手術で全部取ったし、体調も前に比べればだいぶいいんですよ。ただ、明け方トイレに立つのにまだ介助が必要で。おふくろももともとそんなに丈夫なほうじゃないんで、できるだけ俺が朝行って手を貸すようにしてるんですけど」

「お父様のトイレのためだけに？」

「まあ、すぐ近くですからね」

「それにしたって、あなた自身も寝るのは二時三時だったりするわけでしょう？」

「ずっと運動部だったから、早起きはわりと苦にならないんです。ジョギングがてら走って行って、戻ったらまた寝てもいいわけだし」

あんまり言うとかっこつけてるみたいで厭味かとも思ったが、ただの事実なので仕方がない。周りから孝行息子だと言われることもあるけれど、俺だって面倒なことを面倒だと思わずにいることは無理だし、前の日がハードすぎて朝どうしても起きられないことだってある。できるときにできることをやっているだけで、それは親であり息子なんだから他にどうしようもない。

「失礼ながら、ちょっと意外」

と彼女がつぶやく。

俺は笑った。「よく言われます」

「もうちょっと軽い感じの人かなって思ってた。いつ会っても身綺麗にしてるし、おしゃれさんだし、時計だって着ている服に合わせて毎回違うでしょ。今日はウブロだけど、この間のあれは、ガガ・ミラノ？」

そこまで細かくチェックされていたかと思うと、晴れがましさと同時に、じんわり背中に汗の滲(にじ)む心地がした。

「そりゃ、こういう商売ですからとりあえず相手に不快に思われないように気を遣いはしますよ。ある程度のハッタリが必要な場合もあるし。でも、小沢さんに会うときはいつもより緊張します。今日だって、何を着ていこうか朝からすごく迷いました」

「どうして？」

「どうしてって、こんなセンスいい人と並ぶのに、あんまりな格好もできないじゃないですか」

「あら、嬉(うれ)しい」

「いや、こちらこそ褒めて頂いて嬉しいんですけど、なにしろ実家がそういう状態なもんで……俺が今着てるもののほとんどは、もう何年も前に買ったものばっかりなんです。水泳とかランニングとかコツコツ続けて、何とか腹が出っぱらないように維持してるのはそのせいもあったりして」

ふっと彼女が微笑む。ほっぺたが深く窪んだ。

「安藤くんは、そのあたりの事情を知ってるの？」

――また〈安藤くん〉か。俺には〈吉守さん〉なのに。

「知らないでしょうね。俺から話したことはないです」

そうよね、と彼女が頷く。

「知らないから、彼はあなたを羨ましがるのよね」

「は？」

まさか、と言ったのだが、小沢志織はゆっくりと首を横にふった。

「彼からしてみると、あなたは、何にも誰にも縛られずに自分の力量だけで会社を切り回してる自由人に見えるみたいよ。たしかに〈自分の力量だけで〉に関してはその通りだろうけど、何ものにも縛られずに済んでる人間なんかいるわけないのにね」

なんだそりゃ、と思った。あいつにとっては小沢志織からの援助さえ、ある時は自分を縛る鎖のように感じられるのだろうか。隣の芝生というけれど、それにしたって贅沢すぎる話じゃないか。じわじわ腹がたってくる。その安藤のつかんだ幸運を、逆にどこかで羨んでいる自分にもだ。

「あの、小沢さん。ひとついいですか」

彼女が赤ワインのグラスから唇を離して、俺を見る。

「なあに？」

「もし失礼じゃなければ、〈志織さん〉ってお呼びしてもかまいませんか」

さすがに唐突に聞こえたんだろう。けげんそうに眉が寄る。

「べつに失礼じゃないし、全然かまわないけど、どうして急に？」

「なんか――そのほうがしっくりくる気がして。〈志を織る〉って、志織さんにぴったりの名前だと思うし」

みるみるうちに、彼女の目が輝きを増し、人を面白がるようなまなざしに変わっていくのがわかった。やんちゃな表情だった。

「ふうん。さっきから、いろいろ嬉しいこと言ってくれるのね」

「いや、マジで、すごく似合ってますよ。ついでに言うと、名前だけじゃなくてその髪型も」

いったい俺は何を言ってるんだろう。これじゃまるで口説いてるみたいじゃないか。というか、俺はもしかしてほんとうにこの女を口説くつもりなんだろうか。

自分でもよくわからなくなってきて、思わず、すいません、と謝ると、小沢志織はとうとうふきだした。

「ねえ、酔っぱらってる？」

今度は俺が苦笑いする番だった。

「そうかもしれません」

つねに車で動く身だから、酒はいつ誰に勧められても外では一切飲まない。今夜だって、せっかくの分厚い肉にジンジャーエールなのは彼女も知っている。

すいません、と繰り返す俺に、彼女は黙って前を向き、機嫌良さそうにワインをひと口飲んだ。そうしてシェフには、ちょうど焼き上がった肉の三分の二を俺の皿へのせるように言った。

＊

どちらから誘ったかといえば、食事と同じく彼女からだったには違いない。

でも、俺のほうも充分に予期していたし、そのことは彼女にも伝わっていたと思う。レストランを出て、降りてゆくエレベーターの階数表示ランプを二人して見上げている時、彼女が「泊まっていける？」と言った。さらりとした口調に聞こえるよう努力しているのはわかったが、そのじつちょっと緊張している感じだった。

「明け方までなら」

と俺は返した。

この女はこれまでにいったい何人の男を誘ったんだろうなと思った。それほど慣れているふうではないが、まさか俺が初めてということもないだろう。

もちろん俺のほうだって、嫌なら応じていない。でもこの時、小沢志織のバックグラウンド——彼女が持っている財力、とくに安藤が新しい店を興すにあたって彼女が果たした役割についてのあれこれが、まったく脳裏を過ぎらなかったと言えば嘘になる。きれいごとにするつもりはない。何度も言うが、俺の仕事はひどく経費がかかるのだ。

フロントで彼女が部屋を取るのを待ち、再びエレベーターで一緒に上がった。広い部屋だった。手前のリビングスペースにはソファセットやデスクやキャビネットが置かれ、壁の折れ戸はてっきりクローゼットだと思ったのに、開けてみると寝室へと続いていた。

バスルームを薄暗くして、大きなバスタブに二人で向かい合って浸かった。俺は、女と一緒に風呂に入るのが好きだ。セックスそのものより親密な感じがする。

お互いの顔もろくに見えやしないのに、志織さんは膝を抱えて胸を隠しながら、今さらだけどこんなに年上の女が相手でもいやじゃない？　と訊いた。

「いやなわけないじゃん。俺、年上のひと好きだし」

「そうは言っても、限度ってものがあるでしょう」

「大げさだなあ。これがもし、俺が小学生とかだったら、七つや八つ上のお姉さんはすごく離れてるように思えただろうけど、この年になったらもうさ」

「これまでにも、年上と付き合ったことあるの？」

「ないけど」

本当にそんなことが気になるくらいだったら、そもそも部屋で二人きりになんかなっていない。そう答えるかわりに、お湯の中で志織さんの手を探しあてて俺のほうへ導き、いちばんの証拠を握らせてやる。彼女は息を呑み、喉の奥で低く呻いた。慌てて手を引っこめたりしないところは、さすがにそのへんの小娘とは違っていた。

「わかる？」と、俺は言った。「男はさ。女と違って演技なんかできないんだよ」

彼女の指が、自分から意思を持って俺のそれにからみついてくる。全身の血が一点に集まる感覚に、俺の息もあがる。

「ねえ」

「うん。ベッドへ行こう」

「あなたに、ひとつお願いが……」

「ヒロト」

「え？」

「俺の、下の名前。裕人」

呼んでよ、と言うと、志織さんは泣くような声をもらし、俺を呼びながらすがりついてきた。

両腕の中にすっぽり収まってしまう小さな体は、なるほど俺がこれまで付き合った年下の女たちのそれとはまったく違う手触りだった。こちらの指をはね返すような弾力はなく、どこまでも柔らかで頼りない。それなのに、というかそれだからこそ、おそろしくエロかった。熟した桃にずぶずぶと爪を立てて握りつぶすかのような昏い興奮が突き上げてきて、やばい、マジやばい、と俺は思った。他に意味のある言葉が浮かばなかった。

部屋は暗い。志織さんがどうしても灯りを許してくれないからだ。窓辺のカーテンを少し開け、かすかな街明かりが射しこむのはしぶしぶ認めてくれたけれど、俺がもっと明るいところで裸を見たいといくら言っても承知してはくれなかった。

「お願いだから私に恥をかかせないで」と彼女は言った。「あなたや、あなたが見てきた若い人の体とは違うのよ。比べられるのはいや」

そのぶん俺は、指で、唇で、舌で、彼女の全身をくまなく探索した。少し強引に扱われるくらいのほうが好きそうだとわかってからは、言葉でいくら駄目とか嫌とか言われてもI聞いてやらなかった。性的に充分こなれて、あらゆる快楽を受けとめるだけの余裕がありそうな彼女なのに、俺がいちばん奥を突くと身をよじり、そんなに深いところは初めてだから怖いと訴える。本気で痛がりながらも、やめないでほしいと俺に懇願する。たまらなかった。

彼女が最も興奮を露わにしたのは、自分から上に乗って動いている時だった。俺が上半身を起こして胸をつかみ、その先っぽを強く吸いたてた瞬間、ひときわ高い声がもれ、俺を包むその場所がこれまでにないほど収縮するのがわかった。

「志織さん、おっぱいこうされるの好きなの？」

俺の首っ玉にしがみついた彼女が、息を乱しながらこくこくと頷く。

「きれいだもんね、志織さんのおっぱい」

「……ほんと？」

「うん。俺もすげえ好き」

「……ほんとに？」

「ねえ――跡、残してもいい？」

数瞬の間があった後に、

「いいよ」

ささやくような声と共に、彼女の濡れた舌先がぎゅっと俺の耳の穴に押しこまれる。脳の血管が切れるかと思った。

備えつけのコーヒーメーカーに専用のポーションをセットしながら、バスローブ姿の志織さんが、ねえ、と俺を呼ぶ。お砂糖はどうする？　とか訊かれるのかと思ったのだが、

「あのね。私を、利用すればいいんじゃないかな」

いきなり言われてぎょっとなった。

「ちょ、待ってよ」

もしかしてさっきから何か顔に出てしまっていたんだろうかと、心臓が変なふうにひきつれる。

「俺、何もそんなつもりで……」

「あ、ううん。それはわかってる」

志織さんが笑う。

「ごめんごめん、誤解を招くような言い方して。あなたが、私のお金目当てで誘いに応じたなんて思ってないよ。実際、私のほうも、たとえばあなたの会社に融資すると

かは無理だしね。うちはずっと美容や健康関連の業種にしか関わってこなかったから、急に車業界にまで手を出したらさすがに家庭内争議のもとになっちゃう」

——そうか。そこは、安藤のアロマグッズの店に投資したのとは事情が違うということか。

内心の落胆が顔に表れないようにするには、ちょっとした努力が必要だった。

「でもね、そのかわりって言うのも何だけど……」志織さんが続ける。「あなたの役に立ちそうな伝手を紹介してあげることくらいなら、できると思うの。メディア関係はもちろんだし、芸能界とか財界にも知り合いはたくさんいるし、そういう人たちが集まるパーティなんかにも、よかったら顔を出してみるといいんじゃない？　あなたなら、新しい縁を無駄にはしないでしょ？」

「でも、旦那さんは？」

「ぜったい来ない」と、彼女は言った。「そういう場所が何しろ苦手な人なの。そのぶん、私が男性の友人と食事したり、お付き合いで帰りが遅くなったりしても、何も言わないでいてくれるところはありがたいけど」

とってつけたみたいに聞こえるかもしれないけど、夫とはほんとに仲良しなのよ、と志織さんは言った。

「彼のこと大好きだし、そばにいると安らげるし、向こうもそう思ってくれてると思う。喧嘩(けんか)なんてめったにしない。何より相手をリスペクトしてるし、長年の間にお互いのペースがよくわかってるから邪魔することもないしね。でも、男と女でいるのだけは難しくて。なんだかもう、人生を共に生きるための同志みたいな感じなの。そういう相手と一緒にいられること自体、感謝しなくちゃいけないのはわかってるんだけど」

「つまり、そのために確保してあるってこと？」

「え？」

「〈男性の友人〉をさ」

わかっていてそうとう失礼なことを言ったつもりだったのだが、志織さんは、答えずに目を細めた。

「さっき、あなたにお願いがあるって言ったでしょ？」

そうだった。すっかり忘れていた。

「覚えてるよ、もちろん」

「あなたさえ嫌じゃなかったらの話なんだけど」

「なに」

「ずっと先までなんて言わないから……とりあえず三か月契約とかでかまわないから、友人じゃなくて、恋人になってくれない？　そうして、びしっとキメてパーティで私をエスコートしてよ」

――三か月。しかも、契約。

やはり彼女はこういうことに慣れているのかと思った。

それならそれで、こちらも遠慮する必要はなさそうだし、仕事の上での将来的なあれこれを考えれば願ったりだ。しかし、そんなきらきらしい場所でびしっとキメられるような服は持ち合わせていない。困ったな、と思うより先に、志織さんは熱いコーヒーを俺に手渡してにっこりとした。

「近いうち、一緒にお買い物しに行きましょ。楽しいよ、きっと」

＊

十代の前半から、長い時間をプールのそばで過ごしてきたからだろうか。塩素の匂いを嗅ぐと、落ち着く。

決して良い匂いとは言えない刺激臭なのに、鼻から肺までも消毒されるようなあの匂いを嗅ぐたび、自分の中の汚いものまで洗い流されるような気分になる。まるで細胞ごと清められて、今この時から何度でも新しい俺を始められるような。

前にインストラクターのバイトをしていたクラブでは今でも顔が利くから、早朝や、あるいは夜のスクールが終わった後など、人のいない時間帯には集中して泳がせてもらえる。一枚ガラスみたいに静まり返った水面に飛びこむ時の気分は、一度味わったらやめられない。バタフライ、背泳ぎ、平泳ぎ、自由形。俺らがバッタ・バック・ブレ・フリーと呼ぶそれらを、それぞれ最初の二十五メートルは普通に泳ぎ(スイム)、次は腕(プル)だけ、その次は脚(キック)だけ、というふうに練習していく。自分のたてる水音だけが天井や壁に反響するのを聞きながら、俺は無心にプルとキックをくり返し、柔らかに体を包む水とひとつになる。

親父が最初に入院してからしばらくは、とにかく会社を潰さずに切り回すことだけで精いっぱいで、あらゆる意味において余裕がなかった。水からも長く離れざるを得なかった。最近ようやく、仕事をやりくりすれば週に二回くらい自分の時間を確保できるようになったが、泳ぎを再開してからもタイムがなかなか戻らず、シニアの競技会に出ては惨敗(ざんぱい)ということが続いた。自分でも気づかないうちに痩(や)せて筋肉が落ちてしまったのが原因だと思う。俺の専門（スタイルワン）はバタフライだが、五十メートル程度の短い距離ではとくに、ある程度のウェイトがないと結果を残せないのだ。

「だったら、よけいにちゃんと食べなくちゃ」

ベッドにうつぶせになった俺の背中を、ゆっくりと揉（も）みほぐしながら志織さんは言った。

「食ってはいるんだよ、一応」

「でも偏ってるでしょう？　おにぎり二つだけなんてぜったい駄目よ」

「今日の昼は、ラーメンと餃子（ギョーザ）と半炒飯（チャーハン）だったよ」

「それでも駄目。野菜が足りてない」

「ラーメンの上に、刻みネギはこれでもかってくらい山盛りのせたんだけどな」

彼女はため息混じりに笑い、肩胛骨（けんこうこつ）の下をぐっと押した。

ラベンダーの香りがしている。ホテルの部屋でかわるがわるシャワーを浴びた後、うつぶせになった俺を志織さんがアロマオイルでマッサージしてくれる、それがいつのまにか習慣になっている。本来なら俺のほうがご奉仕するべき立場じゃないかと思うのだが、彼女は自分がそうしたいのだと言い、実際楽しそうだ。

こめかみから首筋、肩から両腕、背中から腰。尻（しり）の芯（しん）にも痛みはこごっていたし、ふくらはぎや足の裏のツボを押されると思わず呻き声がもれる。オイルが安藤の店のオリジナルである点だけはいささか癪だったものの、若い頃エステティシャンの勉強もしていたというだけあって、彼女のマッサージはとても上手だった。筋肉やリンパの流れにそってじっくりと凝りを揉みほぐされると、肝心の事に至るより前に危うく寝落ちしてしまいそうになることもしばしばだ。

なぜ、俺だったんだろう、と思う。志織さんとこういう関係になってから三か月くらいたつが、同じことをもう何度考えたかわからない。

恋人になってくれなんて言いながら、彼女が俺に恋い焦がれているようには見えなかった。好いてくれているのは伝わってくるし、連れだって買いものに行ったり美味い店を調べて食事に行ったり、時には俺の車で遠出をしてみたりという時間を楽しんでいるのは確かだが、恋愛とは違う気がする。

そういう俺だって似たようなものだ。志織さんのことは好きだし一緒にいるのは楽しいが、離れている時間に彼女を想い、恋しくてたまらなくなるといったようなことはない。でもそれでいて、彼女が俺と逢っていない時間に旦那と仲睦まじく過ごしている様子を思い浮かべると、やはり面白くはないのだった。

パトロネスとして直接彼女に出資してもらっているわけではないにせよ、服や時計や装飾品はちょくちょく買ってもらっている。客観的には、俺はどう見ても彼女の愛人であり、あまり若くもないツバメということになるんだろう。そしてこれは不倫には違いないんだろう。でも、付き合い始めてから今日までの間に、俺がそのことで卑屈な気持ちになったり、自分で自分がいやになったりしたことは一度もないのだった。いっそ不思議なくらいあっけらかんと楽しいばかりで、日々に張り合いさえ感じられる。それは多分に、彼女が俺に注いでくれる愛情のまっすぐさと混じりけのなさから生まれるもののように思えた。

こざっぱりと清潔な枕に顔を伏せたまま、

「すごいよね、しおりんは」

呟くと、彼女はふきだした。

「しおりん！　人生初の呼び名だわ」

「いや？」

「ううん。くすぐったいけど、悪くない感じ。で、何がすごいの？」

「だってさ、俺のためにこんなにいろいろ尽くしてくれるのに、ちっとも押しつけがましくないじゃん。いつも男を立ててくれるしさ」

「そうかな」

「俺が何か見当違いのこと言った時なんかでもさ。しおりんのことだから、ほんとは違うってわかってても、その場で頭ごなしに否定とかしないで、後からさりげなく教えてくれたりするでしょ。そういう細かい気遣いがすごいなあと思って」

「褒めすぎじゃないの」

「そんなことないよ。俺がこれまで会ったことないくらい、懐(ふところ)の深いひとだと思うよ。旦那さんはマジで幸せ者だよ」

背後で、ふっと息を吐く気配があった。笑ったようにも、ため息のようにも聞こえた。

「もしも私が、ほんとにそういうふうにふるまえているんだとしたら、相手があなただからよ」

「どういう意味？」

「あなたとのことは、きっと人生でこれが最後の恋愛になるんだろうなってわかってるから、貪(むさぼ)るよりも尽くしたくなっちゃうの。それにね、この年になると、だんだん残り時間を考えるようになってきてね。美しい男に簡単に惹(ひ)かれちゃう自分のことも素直に認めてやれるっていうか」

「俺はべつに美しくなんかないよ」

「まあ、顔は超絶美形ってほどじゃないけど、なかなか可愛げのあるハンサムくんだし」

どうもありがとう、と俺は言った。

「それに、全身のフォルムがすごくきれいだもの。ダビデ像とか、殉教のセバスチャンみたいで、見るたび〈我が目の悦び〉って思う」

「セバスチャン？」

「そう。中世以降の絵画によく描かれる、すごく美しい聖人」

「それこそ褒めすぎだよ」

「ううん。私、昔からフォルムの美しい生きものが大好きなの。馬とか、豹とかね。だからあなたを見てるともうほとんど、きれいどころを侍らせるお旦那衆の気分。『やっぱり別嬪さんはいいねえ』みたいな」

つっこみどころがありすぎて、逆に何ともコメントのしようがなくて唸っていると、志織さんはくすくす笑いだし、俺に仰向けになるよう促した。

「だから、私に悪いとか思わないでね。どんな人間関係だって突きつめればギヴ・アンド・テイクなんだから、私のほうだってあなたから得るものはちゃんと得てるのよ」

ほんとかな、と俺は言った。

「ほんとほんと。たとえばほら、試着室からあなたが出てくると、スタッフの女の子が目をハートにして言うじゃない。『何かスポーツしてらっしゃるんですか』って。そういうの聞くたびに、自分が褒められたわけでもないのに鼻の穴が膨らんでぴくぴくしちゃう。生命力にあふれたあなたの隣を歩くだけで力をもらえるし、何より、女である自分を思いだせるの」

私の年でそれはほんとに貴重なことなんだから、と志織さんは言った。

「そういえば、ねえヒロくん。またひとつお願いを聞いてくれる？」

今度は友人でも恋人でもなくて何になれと言うのだろう。

目で問うと、彼女は思いきったように言った。

「いつか、あなたが泳ぐところを見てみたい」

予想外の〈お願い〉だった。

「見るったって、ただ普通に泳いでるだけだよ。つまんないよ、きっと」

「いいの。見たいの。あなたにとって泳ぐことって、いわば人生の背骨みたいなものじゃないかと思うから」

志織さんの口にする言葉は時々、俺なんかからすると無駄に遠回しでよくわからないことがある。黙っていると、彼女は俺の目を覗きこむようにして言った。

「前にあなた、プールの塩素の匂いが落ち着くって話してくれたことがあったでしょう？　あの時から、なんだか私まであの匂いが懐かしくなっちゃって」

「そんなに見たいんだったら、もうちょっとデカい風呂のある部屋でないとね」

適当にはぐらかそうとしたのだが、

「ホテルのスパとかのプールで泳いでみせてくれるのは駄目なの？」

どうやら本気で言っているらしい。正直、ちょっと面倒くさいなと思いながら、

「じゃあ、まあそのうちね」

と俺は言った。

手をのばし、うっすらと表情が読めるくらいの暗がりの中で、志織さんの胸に触れる。心臓の側にあるほうが、右の乳房よりも少しだけ大きい。下からそっと支えて持ち重りを確かめるようにすると、彼女は眉を寄せ、ひどくせつなそうな顔になった。

「――あなたとこうするの、好きよ」

「俺だってそうだよ」

「あなた自身のことも、この美しい軀もちろん好きだけど……そのあなたにめちゃめちゃに抱かれて、一度死んで、また生き返るあの感じがすごく好きなの。そのたび

に、ああ生きてる、って思える。ああ私、まだ女だ、って」

言いながら、なぜだか心もとない顔になる。それを見たとたん、俺の側にもスイッチが入った。

すべてをきれいごとにするつもりはない。ただ、どういうわけだろう、最近ではこうして軀を重ねるたびに、こうなることは初めから全部決まっていたような気がして、俺はむしろそんな自分に戸惑っていた。よくある陳腐な錯覚だ、後付けのつじつま合わせに過ぎないと思おうとしても、今ここに至るまでのすべてが本来は必要のない回り道だったかのように感じられてならなかった。最初に彼女が乗りたいと希望した、あの白いポルシェさえも。

互いに一度死んで、徐々に息を吹き返す。寄り添って横たわり、呼吸が元に戻るのを待つ。

「そういえばあの車、乗ってる?」

訊いてみると、志織さんは、もちろん、と微笑んだ。

「最近、だいぶ慣れてきた感じかな。乗ってみるとなかなか可愛い車よね。日本では思いきり走らせてやれなくて、ちょっとかわいそうな気もするけど」

「いいんだよ、それで。あんまり無茶してスピード出さないでよ。志織さんが死んじやったら俺、泣くよ」

大丈夫だってば、と彼女はずいぶん嬉しそうに笑った。

「まだまだ、あなたといっぱい楽しいこと味わいたいもの。そんなに急いで死ぬ気はありません」

*

それから半月ほど後だ。連絡が、ぱたりと途絶えた。
俺からのメールや着信に対して志織さんから返事が来ないなんてこと、これまで一度もなかった。逢えない時でも、たいてい一日一回はどちらからともなく短いメールのやり取りがあったのだ。
よほど忙しくしているのか、それとも海外にでも出張に出かけたかと思ったが、それにしたってひと言の知らせもないというのはあり得ない。もしかして、俺よりもっとずっと〈美しい〉肉体を持つ男が現れたのだろうか。今頃彼女はその男の隣を歩き、抱かれては、小さく死んだり生き返ったりして楽しくやっているんだろうか。

その想像に苛立ち、そういう自分にも苛立ったものの、一週間を過ぎるとさすがに心配になり、気は進まなかったが安藤に電話してみた。車の件で小沢さんと話したいことがあるのだが連絡が取れない、何か知っているかと訊くと、やつは言った。

「あの人、いま入院してるんだよね」

えっ、と裏返った俺の声は、普通なら不審に思われて当然だったかもしれない。安藤の鈍さに救われた形だった。

「こっちも心配してるんだけど、見舞いは遠慮してほしいって言われてて」

「誰から。本人から?」

「いや、旦那さんから。まあ、事情が事情だけにしょうがないし、あんまり詳しいことまで訊くわけにもいかなくてな」

「……何だよ、事情って」

それが、と安藤はいささか言いにくそうに口ごもった。

我に返ったとき、俺は自分の部屋の床に茫然としゃがみこんでいた。手にしていた携帯が足元の床に落ちている。今、ごとんと硬い音がしたのはこれだったらしい。どれだけ長くぼんやりしていたのかもわからなかった。安藤とあのあと何をどう話して電話を切ったのか、切れぎれにしか覚えていない。思いだそうとしても、たった今の記憶がまだらに抜け落ちている。

うそだろう、と、自分のものではないような掠れ声がこぼれる。だって、ついこの間まであんなに元気そうだったじゃないか。親父が患ったときは全然あんなふうじゃなかった。何かの間違いじゃないのか。

のろのろと携帯を拾いあげ、ネットの検索キーワード欄に忌まわしい文字を打ちこむ。この俺がまさか、こんな病名をこんな気持ちで調べる日が来るとは思ってもみなかった。

どのサイトを見ても、ほぼ同じような言葉が並んでいた。

しこりの大きさ。ステージ。リンパ節転移。術前化学療法。切除手術と温存手術。放射線治療。五年生存率……。

中には、男が直視するにはあまりに辛すぎる写真が載ったサイトもあった。片側の羽をもがれた蝶のようだった。俺は、あえて目をそむけるまいと奥歯を嚙みしめた。志織さんはきっとこういう写真を何度も見たのだ。当事者である彼女はどういう気持ちがしただろう。

男の俺がなくしたとして、いちばん辛いものを思い浮かべてみる。女のひとにとって乳房をなくすということは、たぶんそれと同じか、もう少し多く辛いことなんじゃないだろうか。

安藤はたしか、本人もしばらく前からわかっていたというような意味のことを言った。いつからだったんだろう。俺にあの〈契約〉を持ちかけた頃からか。それとももしかして、「一生に一度くらい」のポルシェを買おうとしたこと自体……。

と、その時だ。手の中の携帯がいきなり鳴り始めて、俺は飛びあがった。番号を見るより早く耳にあてる。

もしもし、という声に、

「志織さん、今どこ？　大丈夫なの？」

覆（おお）い被（かぶ）せるように訊くと、わずかな沈黙のあと、向こう側の空気がふっと揺らぐのがわかった。志織さんが笑ったのだった。

「その様子だと、ばれちゃってるみたいね」と、彼女は言った。「誰から聞いたの？」

「……安藤」

「そっか。まあそうよね。それで、どこまで知ってるの」

俺が言いよどんだのが答えになったらしい。ため息が、風の音みたいに耳に届く。

「心配かけて、ごめんなさい。大丈夫よ。手術は無事に終わったし」

「えっ。もう？」

ええ、一昨日ね、と彼女は言った。

「昨日からは痛いのにさっそく歩かされて、おかげで今日はこうして電話もできてるってわけ。ごめんね、ヒロくん。何度も連絡くれてたのよね」

「心配したよ、ほんとに」

「それがわかってたから、手術が終わるまではと思って電源切ってあったの」

なんでそんな、と訊くと、彼女は小さい声で言った。

「きまってるじゃない。あなたの声なんか聞いたら弱音を吐いちゃいそうだったんだもの」

突然、これまでに経験のない感情が突き上げてきて、俺は思わずきつく目をつぶった。ほとんど痛みにも似た激しさなのに、それが何なのか名付けようがないのだった。

「弱音くらい吐いてくれればよかったじゃん。いくらだって聞くよ」

ありがとう、と志織さんは言った。聞きたいのはそんな言葉ではなかったが、彼女が続けて何か言いかけたので耳を澄ませる。

「おっぱい全部は、取らなくて済んだの。でも、形はだいぶ変わっちゃった。せっかくあなたが褒めてくれてたのにね」

そんなのどうだっていいよ、と叫びたくなるのをかろうじてこらえる。彼女にとっては、全然、まったく、どうだってよくはないのだ。

「退院はいつなの」

「教えない」

「志織さん？」

「だって今日は、お別れを言うために電話したんだもの」

何を言われたのかわからなかった。混乱するとほんとうに頭の中が白くなるんだな、と他人事のように思ってから、ようやく言われた意味が脳に届く。

「待ってよ、なんでだよ。手術は成功したんでしょ？　志織さん、元気になるんでしょ？　だったら……」

クス、と笑う気配に息を呑む。

「わかってよ、ヒロくん」と、彼女は言った。「最初に私、ちゃんと言ったでしょ？　ずっとじゃなくていいから恋人になって、って」

「言ったけど、」

「退院しても、ここから先は再発を防ぐための治療が始まるの。ヒロくんには、こうなる前の私だけを覚えてて欲しいから。ほら、オンナゴコロっていうやつよ」

俺は、つぶれるほど携帯を握りしめた。

ひどい、と思った。無理しておどけた口調でそんなふうに言われたら、こちらは何も言えなくなるじゃないか。

「今まで、ありがとね」

明るく声を張って、志織さんは言った。

「おかげで楽しかった。ほんとに、ものすごく楽しかった。ヒロくんは元気でいてね。お仕事頑張って。あと、お父さんとお母さんを大事にしてあげてね」

まるで遺言みたいに畳みかけられ、何と返事していいか迷った、その隙をつくかのように電話は切れた。慌ててかけ直したけれど、何度かけても二度と出てはもらえなかった。

ふらふらとベッドに倒れこみ、仰向けになって天井を見上げる。頭が痺れたようにぼんやりとしていて、彼女ともう逢えない、ということの意味がまだよく飲みこめなかった。

どうしてこんなにショックを受けているんだろうな——と、また他人事のように思ってみる。

とりあえず志織さんの手術は成功したようだし、これまでみたいな付き合いがなくなっても俺が生活に困るわけじゃない。当初の予定どおり、彼女のおかげで新しい客を得ることもできたし、自分では買えなかった服や時計もだいぶ増えた。

そもそも、恋愛ですらなかったのだ。これが本気で好きだった女から突然ふられたのならまだしも、そうではない。そうでは、なかった、はずだ。

＊

なみなみと水っぽい塩素の匂いを吸いこむ。六つのレーンに分かれた二十五メートルプール。スタート台に立つと、黄色と青のフロートが交互に並んだコースロープが先すぼまりに見える。

わかっていれば、もっと早く彼女を連れて来て、泳ぎなんかいくらでも見せてやるんだった。そう思いかけては打ち消す。志織さんの病気を知ったからといって、今さらまるで自己弁護みたいに後悔するのは卑怯(ひきょう)だ。

ふり返ってみれば、彼女は何度も覚悟を口にしていたのだった。安藤のことを鈍いなんて言えやしない。俺こそは冬眠中の亀みたいに鈍感で、彼女の痛みも苦しみも、何ひとつわかってやれなかった。

〈きれいだもんね、志織さんのおっぱい〉

〈……ほんと？〉

〈うん。俺もすげぇ好き〉

〈……ほんとに？〉

鼻の奥がじんわりきな臭くなる。

〈ああ生きてる、って思える。ああ私、まだ女だ、って〉

ゴーグルをしっかりとはめ、スタート台を蹴(け)って飛びこむ。なじんだ水の感触が、なだめるように俺を包む。

すぐそこのプールサイドで志織さんが見ているつもりで、俺は泳いだ。最初の二十五メートルはバタフライ。次の二十五メートルは背泳ぎ(バック)。次は、平泳ぎ(ブレスト)。自由形(フリー)。そしてまた——バタフライ。

競技の時でさえ、こんなにも指の先まで集中して泳いだことはなかった気がする。全身の神経がガラスの針みたいに透明に研ぎ澄まされている。

退院したとしても、術後の抗がん剤や放射線治療の間は、ほんとうに誰にも会いたくないかもしれない。

でも、いくらか元気が戻って外を歩けるようになったら、強引にでも連れだして、ここに来よう。ここじゃなくても、そう、彼女の言ったとおりホテルのプールだっていい。二人で逢ったからといって、彼女が嫌なら無理してベッドで抱き合う必要はないのだ。裸で抱き合わなくてもあなたは俺にとって充分に女なんだと、俺はべつにあなたのおっぱいに惚れたわけじゃないんだと、わかってもらえたらそれでいい。速さを競うより、志織さんならきっと、美しい泳ぎを見たがるに違いない。ことさらに心がけて、ゆっくりと舞う蝶のようにバタフライのプルを刻んでいく。

ここ数か月のあれこれを思い浮かべても、涙はもう滲まなかった。少しも哀しくない自分がいて、そのことに俺はむしろ安堵した。

大丈夫。

片羽をもがれようと、志織さんはきっと大丈夫だ。

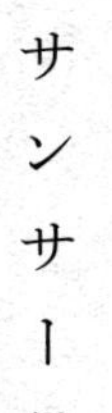

サンサーラ

今から思えば前触れはあったのだ。

突然、食事が喉を通らなくなった。どんなに美味しそうなものを前にしても食欲が湧かない。胃薬を飲んでも変わらなくて、ひと月以上もの間、ほんの少しずつしか食べられなかった。食いしん坊の私にとっては異常事態だったのだから、あの時点でお医者へ行っていれば、その後の事態はもう少し違っていたのかもしれない。

そうしてそれは、背筋を這いのぼる悪寒とともにやってきた。

職場へ向かおうと駅のホームでいつもの電車を待っている時、ぞくぞくぞくっと気持ち悪くなったと思ったら、心臓が引き攣れて暴れだした。全身にいやな汗が噴きだし、手や足が痺れて震えだし、それがみるみる体じゅうに広がっていく。懸命に息を吸いこんだらめまいと吐き気に襲われて立っていられなくなり、私はしゃがみこみ、その姿勢さえも維持することができずに両手をつき、とうとう、うつぶせに倒れ伏した。

喉を掻きむしるほど息が苦しいのに、体が硬直して動かない。人だかりをかき分けてやってきた駅員さんに何を答えようとしても、顎が固まってしまって動かず、声も出ない。どうやって運び出されたのか、気がついたときには救急車に乗せられていたけれど、全身ががちがちに強ばってしまっていてまともに横になることさえできなかった。着ているものは汗でびしょびしょ、体の下に水たまりができそうなほどで、細くほそく締まった喉からかろうじて呼吸しながら、このまま死ぬんだ、と思った。

ようやくたどり着いた病院で点滴を打たれ、一時間ほどするといくらか楽になり、起き上がって自分で歩けるようにもなった。

カルテを見ながら女性医師が言った。

「内田、香奈さん――ですね」

「過呼吸って、聞いたことありますか？」

私はうなずいた。ぐったりと疲れ果て、さっきまでとは逆に体のどこにも力が入らなかった。

「過換気ともいいますが、一般的にはストレスが引き金になることが多いです。呼吸過多になると酸素を吸いこみすぎて、血液の中の二酸化炭素が減りすぎる。そうするとますます呼吸が乱れて息が苦しくなる。ま、多くは精神的なものですのでね、さきほどの点滴も軽い精神安定剤でしたし」

精神的なもの……。さっきのあの苦しさを、気のせいだと言われたような心地がした。

「とにかく、あまり心配しすぎるほうがかえって良くないので、気持ちを楽に持ってください。どんなに強い発作でも、たいていは十分くらい、まあ長くても一時間もすれば必ず落ち着いていくものですし、苦しくて死んでしまうと感じても実際に死ぬことはありませんから。大丈夫ですよ。まあ、もしこのさき癖になってしまうようでしたら、またお薬のことなども考えましょう。お大事に」

風邪の診察みたいに簡単すぎて、狐につままれたようだった。生まれて初めての、あれほどの苦しさから命からがら生還したというのに、お大事に、のひとことで帰されるなんて。

(いいの？　本当に帰っちゃうよ？)

何度か後ろをふり返りながら病院の玄関を出る。職場に連絡しなくてはと考えるだけでまた不安に駆られたので、とにかく家に帰ってからにしようと駅へ向かった。

でも、たどり着けなかった。途中で私はまたしてもさっきと同じ症状に襲われ、その日二度目の救急車で病院へ逆戻りする羽目になったのだ。

今度の発作はさらに苦しかった。実際には死なないなんていったい誰にわかるんだと、あの女医さんを呪い散らしたかった。自分で自分の手首を力いっぱい握りしめて耐えていたせいで、あとになって気がつくと、紫色になった深い爪痕(つめあと)から血が滲(にじ)んでいた。

「登校拒否みたいなものなんじゃないの?」

そう言ったのは、病院にやって来た母だった。二度目の発作のあと、朦朧(もうろう)としながら看護師さんに電話番号を告げて家に連絡してもらったのだ。一時間ほどたっていたから、症状はまた嘘(うそ)みたいにおさまって、私はただぐったりとベッドに横たわっていた。

「調べてもべつに悪いところはないっていうじゃないの。精神的なものだろうって。あなた、職場でうまくやれてないんじゃないの。仕事に行きたくないと思うあまりに体が拒絶したのよ、きっと」

「そんなんじゃ、ないよ」

乾ききった唇を動かして、私は弱々しく反論を試みた。六年目になる美術館の学芸員の仕事はもちろん責任重大だし、いろいろ大変なことだってあるけれど、辞めたいなんて思ったことは一度もない。月曜の朝ちょっとだるいとか、お正月明けに気が重いとか、その程度は誰にだってあるはずだ。

けれど母は首を横にふり、ばっさり斬って捨てるように言った。

「要するに甘え病なのよ。お医者さまにいろいろ聞かされて、母さん、本当に恥ずかしい思いをしたわ。まったくもう、人騒がせな」

その日以来、私は職場へ行けなくなった。働くどころか一時はほとんど外へも出られなかった。

近所のコンビニまでと思っても、もしまたあの苦しい発作が起こったらと想像するだけで怖くて怖くて、心拍が上がり、気分が悪くなる。実際に発作を起こしたこともあるからなおさらだ。

家の門のところからほんの五十メートルほど先の曲がり角を眺めやって、ああなんて遠いんだろうと思った。私はもうあそこまでも一人で行けないのか、と。

たくさんの検査をした。罰当たりな言い方だけれど、どこか悪いところが見つかってくれたらと願った。体の病気だったら、投薬や手術などで対処できる。万一治せないとしても、原因がわかればまだしも落ち着く。それを最初から〈精神的なもの〉なんて言われてしまったら、もう……。

結果は残酷だった。レントゲン、ＣＴスキャン、異常なし。心電図、血液検査、異常なし。最終的に医師から告げられた診断は「パニック障害」だった。

原因は、脳――脳から分泌される神経伝達物質がバランスを崩して誤作動し、結果としてパニックを引き起こしているのだという。人間関係などからくる過度のストレスが引き金になる場合も多いと聞くと、母には言えないけれどあまりに納得がいきすぎて、自分の律儀さがいやになるほどだった。

処方された薬は抗鬱剤だったが、私は、なかなかそれを受け容れられなかった。自分が心の病だなんてどうしても認めたくなかったのだ。

でも、飲まずにいるとますます具合が悪くなる。朝から晩まで何もかもが不安で不安でたまらない。不安のせいで眠れず、不安な夢ばかり見て、不安のために目が覚め、不安のあまり食事が喉を通らない。美術館を休職し、ただ家でぼうっとしていて、ストレスなんて何もないはずなのに全然よくならない。いっそのこと死んでしまいたい。

――というその状態が、処方された抗鬱剤を飲むと、いくらかはましになるのだった。

認めるしかない、と自分に言い聞かせながら楕円形の白い錠剤を口に入れるとき、私はきまって泣いた。母に見られるとまた何を言われるかわからないから、見ていないところで声を立てずに泣いた。

＊

一人でもなんとか外を歩けるようになるまでに、八か月かかった。薬の力を借りながら、少しずつ少しずつ距離を伸ばしていき、一年と二か月め、ようやくコンビニで飲みものを買えた時にはまた泣けた。

そうは言っても人のたくさん集まる場所はいまだに苦手だし、電車やバスにはやっぱり乗れない。いざというとき自分の意思で降りられないと思うと、それだけで全身から冷や汗が噴きだし、体が竦（すく）んでしまうのだ。

いったいいつまでこんなことが、と自暴自棄な気分に襲われるたび、

「焦（あせ）っては駄目だよ」

〈店主〉は言った。まるで私の心を読んだみたいに。

家から駅までの道を一本入ったところ、石畳の裏通りにひっそりと佇（たたず）む骨董（こっとう）の店『白蛇洞（はくじゃどう）』――近くに蛇神さまをお祀（まつ）りする祠（ほこら）があるためにそう名づけられたのだろう、商売っ気のかけらもないその店を営む店主は、店構えと同じく、とても物静かな

ひとだった。

悠久の時を経た、おもに大陸方面から集まってくる品々と日本の骨董がまぜこぜに並ぶいちばん奥に、たいていは清潔な白いシャツを着て、時々は着流し姿で座っている。彼のそばに近づくと、かすかに麝香のような沈香のような、何と言い表せばいいのだろう、深い森や苔や土を連想させる香りがして――私はいつも、気づかれないようにそっと鼻から息を吸いこんでしまう。昔から、薬なんかよりよほど心を落ち着かせてくれる香りだった。なつかしいその匂いに包まれると、仄暗い穴ぐらの中でじっと誰かを待っているような心地がしてくる。

何しろ私が子どもの頃から同じ場所に店を構えているのだから、もう結構な歳のはずだ。

けれど私には、店主が何歳なのか見当がつかない。たぶん四十代じゃないかとは思うのだけれど、丸っこい銀縁眼鏡といい、青白い額といい、昔からほとんど雰囲気が変わらない。着流し姿でいるとよけいに、まるで教科書に載っている明治時代の文学者のようだ。

幼い時分から私は、近所の友だちと遊ぶよりも、ここへ来て店主にせがみ、一つひとつの品物の身の上話を聞かせてもらうほうがよほど好きだった。

たとえば、中国を最後の皇帝が治めていた時代につくられた美しい白磁の壺。纏足という残酷な風習を今に留める、刺繍を施された小さすぎる靴。あるいはまた、絹の道をゆく隊商が大切な品物を納めるのに使っていた丈夫な木箱や、ラクダの背に乗せられていた織物。ローマ時代の遺跡から発掘された、半透明のガラス玉を連ねたネックレス。

店主の口から語られるそれぞれのプロフィールを聞くと、どれもみな、ただのモノとは思えなくなってゆく。私たち人間のように呼吸したり、触れれば温かかったりしないだけで、同じように命や魂を宿している、そんな気がした。

当時、『白蛇洞』にしょっちゅう入り浸っていることを、幼い私は家に内緒にしていた。私が大切にしたいと願うものはたいてい、母には気に入ってもらえないとわかっていたからだ。

父は子どもの教育に口を出さない人だったから、母の決めたことが我が家の絶対だった。おもちゃも、読む本も、身にまとう衣服も付き合う友人も、何から何までぜんぶ母が選ぶ。私はそれらのすべてに黙って従っていたけれど、この『白蛇洞』での静謐な時間、店主のそばで過ごすひとときだけは、何があろうと決して取りあげられたくなかった。子どもには似つかわしくないほどひたむきな決心だったように思う。

門前の小僧というのか、それとも三つ子の魂というべきか、ほんものの骨董の、それも名品ばかりをあたりまえに眺めて育った私は、気がつけばそこそこの目利きとなり、大学では美術史を学んだ。そうして体のことで結局学芸員の仕事を辞めたあとは、店主に頼んでこの店で使ってもらうようになっていた。

母はもっと〈いいところ〉に再就職させたかったようだけれど、私の側にそう出来ない事情がある以上、あきらめてもらうより仕方がない。勤め先が家から歩いて行ける距離にあること——それが、私が外で働くための必須条件だった。

家でも、外でも、発作は時と場所を選ばずに襲ってくる。前よりはだいぶましになり、こうしてどうにか働けるようにはなったものの、たとえば母と行き違ってひどい言葉をぶつけられた後などは、自分の部屋に引き取ってから死ぬほど苦しい思いを味わうこともあった。

「焦らなくていいんだよ」

店主は、根気よくそう言ってくれた。

「焦れば治るんだったら是非とも焦ればいいけど、そういうわけじゃないんだし」

こちらの気が抜けるような、言い換えると肩の力が抜けるような、不思議な物言いをするひとだった。

昼間でもひっそりと静かな店にいて、骨董たちの埃を払ったり、それぞれの由緒を鑑定した書類や、煤けていてもじつは大切な木箱などを整理していると、心の奥底、体の細胞の隅々までが安らかに満ち足りて潤うのがわかる。同じ体が、発作の時はあんなにも硬く強ばるなんて自分でも信じられないほどだ。

店主の厚意にありがたく甘えながら、私は、守られてばかりいる自分をしばしば情けなく思った。受けた恩を誰にも返せず、自分のところで滞らせてしまうのが辛かった。

ほんとうは私だって誰かを守りたいのだ。もっとこう、誰かのために必然的に強くならなくてはいけないような事態が訪れたなら、自分にかまけてばかりの今の状態を脱することもできるかもしれないのに。

＊

風の中にようやく春の匂いが漂い始めた夕方のことだった。私は、坂の両側に商店の並ぶ下町らしい通りを抜け、歩いて家に帰ろうとしていた。

ふと、強い視線を感じた。足を止めて見回すと、すぐそばのペットショップのガラス越し、こちらを見つめている一対の目があった。生意気に踏ん張った前肢。黒々と濡れたきかん気そうな瞳。きりりと巻いた尻尾。視線をそらすこともできないまま引き寄せられるように近づき、そっとガラスに手をあてる。背中の黒い仔犬は尻尾を振りまわしながら後肢で立ちあがり、こちらの人さし指の位置にぴたりと前肢を重ねた。

「『アウチ』……なんてね」

ひとり呟きながら、私は久々に声をたてて笑っていた。

それからは毎日、行きと帰りにガラスの向こうの彼と会話するようになった。私の顔を覚えているのか、目が合うたびに尻尾を振って寄ってくるのが愛おしくてたまらなかった。

豆柴、オス、生後二か月。けっこうな値段の札がついているケージに彼がいない時は、もしや売れてしまったのかと思ってどきどきした。店内を覗き、サークルの中で遊ばせてもらっているのを確認しては胸を撫で下ろす。誰か可愛がってくれる人と出会うことができたなら、それこそがあの子の幸せに違いないのに、どうかいつまでもいなくならないでほしいと願ってしまうのだ。

そう——誰かがお金を出して買うか。それとも、売れ残って処分されてしまうか。

正直、個人的にはペットショップから生きものを買うことに抵抗がある。小さい命がショーケースに並べられ、モノのようにやり取りされるのはあまり美しいことだと思えない。

でも、彼とは、目が合ってしまったのだ。あれこそは一期一会だったのだ。

あんなに可愛い子を喜ばせてやるためなら、と私は思った。自分のためじゃなくあの子のためだったら、他の犬たちだけじゃない、人までがたくさん集まる公園へだって、なんとか頑張って行けるかもしれない。いや、きっと行ける。

「本当に特別な子なの。少なくとも私にとっては」

朝作ったお弁当をひろげながら、私は店主にこれまでの経緯を打ち明けた。

彼は、なんといまだに店の奥に鎮座ましましている清朝の壺の肩を刷毛で払いながら、私の話をちゃんと聞いてくれていた。この店には本来、スタッフなど必要ないのだ。お客なんかめったにやってこないし、必要なことは何だって彼一人でできる。

窓から差しこむ光の束の中を、細かな塵が雲母のように輝きながら漂っていた。私は、自分で淹れたお茶をそっとすすった。店主にもお茶だけは毎日淹れてあげるけれど、お昼に何か食べているところを見たことがない。

〈朝と夜の二食で充分なんだ、胃が小さくてね〉

壺の掃除を終えた店主が、今度はインドの古い掛け軸の埃を払い始める。六道輪廻(りんね)をリアルに描いた、なかなかにスプラッターな感じの絵図だ。

ふと頭に浮かんだのは、〈サンサーラ〉という言葉だった。学生時代、仏教美術について学んでいた時に教授が教えてくれた言葉だ。響きがいいので耳に残っている。日本では〈輪廻〉と訳される言葉だけれど、単純な生まれ変わりだけを意味するわけではない。流れ続けること、あるいは迷いの世界、といった意味も持っている。なぜなら、生命が無限に転生を続けてゆく状態はあくまでも苦行であって、そこから解脱(げだつ)して涅槃(ねはん)へゆくことこそが不死の境地だからだ、と教授は言った。

「……それで？」

ぼんやりしていた私は、慌てて目を上げた。

「え？」

「その仔犬、飼うつもりなの？」

私は湯呑(ゆの)みを置いた。

「そうしたいけど……母に言っても、どうせまた反対されるにきまってるし」

いや、わからないよ、と彼は言った。

「お母さんだってべつに動物嫌いってわけじゃないんだろう？　そんなに怖がらなくても、試しに話すだけ話してみればいいのに」

丸い眼鏡の奥で、黒目がちの目もとが和む。それを見ると、体の中心に芯が通るような気持ちになった。

母親に話す場面を想像してみる。それだけで息苦しくなる。気を落ち着けようとして胸を押さえる私を、店主はちらりと見たものの、気づかないふりをしてくれた。

いつだったか、もうだいぶ前になるけれど、この店にいる時に発作に見舞われたことがある。でも、店主の腕に抱きかかえられ、甘さの底にわずかな渋みが沈んだような例の香りをかいでいると、いつもと比べて信じられないほど早く苦しさがおさまっていった。

もしかして香りそのものが私の病気に効くのだろうかと、似たようなものを探してみたりもした。香水、お香、精油……。母に頼みこんで付き添ってもらい、雑誌やネットで評判のアロマグッズ専門店へも行ってみたのだけれど、だめだった。背が高くてハンサムなオーナーがどれだけ親身に相談に乗ってくれても、あのひとと同じ香りを探しあてることはできなかった。

ともあれ、あの時以来、店で発作は起きていない。店主のそばにいればたとえ何があっても大丈夫。あらかじめそう信じられるせいかもしれない。

思えばその昔、私はよく怪我をする子どもだった。膝小僧の擦り傷や、指先の切り傷といった程度のものは適当にほうっておく主義の店主が、たった一度、本気で慌てたことがある。私が何かの拍子によろけて、石油ストーブの上にべったりと片手をついてしまった時だ。

最初のショックからさめたとたんに大声で泣きだした私の手を、彼は流れる水道水の下で長いこと冷やし、最後に懐から——あれは何だったのだろう——透明で丸いフィルムのようなものを取りだして、火ぶくれのできた掌に載せてくれた。とたんにそれは、すうっと薄氷みたいに溶け、同時に痛みが嘘のように遠のいていった。彼から漂う苔の香りが、焚きしめたように深く濃くなったのを覚えている。

〈もしかして、まほうつかいなの？〉

尋ねても、

〈さあ、どう思う？〉

彼は微笑するだけで、はっきり答えてはくれなかった。

私は、このことは絶対に誰にも話さないと、勝手に誓いを立てた。彼の「まほう」

の恩恵を受けたのは、おそらくこの世で自分だけだ。そう思うと、嬉しくて誇らしくてならなかった。

あれから、早いもので四半世紀近くが過ぎた。不思議なおとぎ話のような記憶も、今ではさすがに思い違いだとわかる。私の掌にはもちろん火傷の跡などないし、空想しただけのことをいつしか本当にあったと思いこむのは子どもの常だ。

それでも、あの場面はいまだに夢に見ることがある。

夢の中でも、彼の香りはしっとりと心地よかった。

＊

犬を飼いたい、と勇気をふりしぼって母に切りだしたのはその晩のことだ。

三十にもなろうというのに、この程度のことで掌に汗をかくほど緊張するだなんて、たぶん普通ではない。わかってはいるのだけれど、私と母の関係は昔からずっとこうだった。ものごころ付くか付かないうちから、一挙手一投足をつかまえては細かくダメ出しをされてきたおかげで、今になっても母から何かを否定されるたび、自分が何の価値もない下等な生きものになり下がった気がして口がきけなくなってしまう。

でもこの夜は、店主の言葉が私の背中を押してくれていた。

「本当に可愛いんでしょうねえ、その犬」

さんざん私の言葉を疑った母は、翌日の朝、わざわざペットショップまでくっついてきた。そして、仔犬をざっと検分すると、最後に血統を詳細に確かめ、チャンピオン犬の子、と知ってようやく私が財布を出すことを承知したのだった。

血統書は、ブリーダーから後に送られてくると言われたけれど、そんなことは私にはどうでもよかった。仕事が終わったら連れに来ますからと店に約束し、『白蛇洞』に着くなり店主に話すと、

「だから言ったでしょ」

春らしい明るい色の紬をさらりと着こなした彼は、懐手に腕組みをしながら微笑んだ。

「きっと、何だかんだ言ってお母さんも寂しいんだよ。きみはまた立派に独り立ちしつつあるし、かわりに面倒を見る相手が欲しいんだと思うな」

実際がどうなのかはわからない。でもたしかに、母は意外なほど仔犬を可愛がった。

賢くて、ひょうきんで、出会ったすべての人から愛されるためにこの世に生まれてきたような豆柴の仔犬は、父のひと声で「豆太郎（まめたろう）」と名づけられた。ふだんは無口な父も、彼のこととなると相好を崩し、

「小さいうちは風邪をひきやすいっていうからな。庭には出さずに、家の中で飼ってやればいい」

などと、めずらしく母に意見するのだった。

ひとつだけ心配なことがあった。ふだんの遊びや散歩くらいなら問題ない。でも、ボール投げをしたりおもちゃの引っ張りっこをしたりして、いつもより激しく動き回った後だけ、豆太郎がぜえぜえと口を開けて息をするのだ。

「仔犬って、みんなこうなのかしら」

母は眉（まゆ）をしかめて言った。

「何だかおかしな気分だわ。発作の時のあなたを見ているみたいで」

最初のうちこそ私も、体力のない仔犬の間はそんなものなのかもしれないと思って様子を見ていたのだが、やっぱりあんまり苦しそうなので、念のために動物病院へ連れていった。

検査が終わると、初老の先生が私を呼んだ。

「ペットショップで購入されたということですが、いつごろですか」

「ひと月ほど前です」

「――そうですか」

先生は、ひとつ溜め息をついて言った。

「心臓に、先天性の疾患があります。ショップとの契約書には明記されていると思いますが、ひと月しかたっていないなら、おそらく先方に言えば別の個体と交換してもらうこともできると思いますよ」

何を言われているのか理解できなかった。目の前で元気いっぱいに尻尾を振り回しているこの子の、心臓が、なに……？

私の顔色を見て、先生はなぐさめるように付け加えた。

「いや、直ちに命にかかわるとは限りませんよ。気をつけてやれば長生きできる子も沢山います」

「……ほんとに？」

「ええ。まずは、あまり激しすぎる運動をさせないこと。それと、定期的に検診を受けて、心臓によけいな負担をかけないようなフードを考えてやるとかね。いずれにしても、店側が重大な疾患に気づかずに販売したわけですから、少なくとも治療費の一部は負担してもらえるはずです。必要ならいつでも診断書を出しますから言って下さい」

私は、まばたきすらも忘れたまま豆太郎を抱いて帰った。治療費を負担してもらえるに越したことはないので診断書こそ書いてもらったものの、〈別の個体〉と取り替える気持ちになどなれるわけがなかった。この子はモノではない。もう私たち家族の一員なのだ。

ところが母は、報告を聞くなり逆上して、あの店と私を罵り倒した。父が口をはさもうとしても、もとより耳を貸す人ではない。

「どれだけお人好しなの？　欠陥品を売りつけられたのよ？」

「欠陥品って……」

「そうじゃないの。あんなに高いお金を払ったのに冗談じゃないわよ。明日死ぬかもしれないし、十年生きたら生きたでどれだけの治療費がかかるか」

「それだって覚悟の上だから」

「覚悟？　聞いてあきれるわ。そんなご立派な覚悟を決められるくらいなら、そもそも甘えた病気になんかかかってないでしょうよ」

「おい、それはないだろう」

横から父が窘めてくれたけれど、母は、茫然としている私になお覆い被せるように言った。

「とにかくあなたはね、今は感情が先走って何も見えなくなっているだけよ。間に合ううちにさっさと健康な犬と交換してもらったほうがいいに決まってるじゃないの」

家族の言い争いの仲裁に入ろうと思ってか、いつものように尻尾を振りながらそばへ寄っていった豆太郎を、母は邪険に払いのけた。

「あっちへやって。どうせまともに育たないできそこないに、これ以上、情が移るのはごめんだわ」

私に、言われた気がした。

拒絶されたのがわかるのだろうか、しょんぼりとうなだれてこちらへ戻ってきた豆太郎を抱きあげる。

ぺろぺろと顎を舐める舌が温かい。私は、自分の全身から勇気をかき集めるようにして言った。

「この子の一生は、私が責任もって面倒見ます。だからお母さん、お願い。そんな哀しいこと言わないでやって。マメは、お母さんたちのことが大好きなのよ」

＊

初めて母親に反抗した気がする——と言ってみると、店主は真顔で頷いてくれた。子どもの頃からの私をよく知っているだけに、それがどれほど高いハードルであったかもわかってくれたのだと思う。

「でも、なんだかすごい罪悪感」

「どうして？　きみがお母さんに叛旗を翻さなかったら、その仔犬はさっさと店に戻されてしまったんだろ？」

「それはそう。だからゆうべは必死に頼み込んで納得してもらったけど……でも、いざ母が不機嫌に黙りこむのを見たら……」

「もしかして、また発作？」

私は力なく頷いた。

ゆうべのは本当にきつかった。豆太郎が心配そうにうろうろするのをかまってやることもできないまま、薬を飲み、部屋の机の引き出しに常備しているビニール袋を口に押しあて、自分の吐いた二酸化炭素を必死に吸いこんだ。

「だけどね。きみはこの先もっと、お母さんに『いや』って意思表示することを覚えなくちゃいけないと思うよ」

店主は言った。低い声だ。痩せた鼻梁に引っかかった眼鏡の奥から、白眼の部分の極端に少ない目が私を見つめている。

「それは決してお母さんを否定する行為じゃないし、もちろん裏切りでもない。お母さんときみは別々の人間なんだという当たり前のことを、お互いが認めるための第一歩に過ぎないんだからね。その過程でたとえお母さんから何を言われようと、きみが罪悪感なんか抱く必要はないんだよ」

私は、答えられずにいた。

言われている意味はわかる。これが他の人の悩みだったら、私自身が同じ言葉をかけていたかもしれない。それくらいはっきりと、正しいことを言われているのだと理解できる。

なのに、罪の意識ばかりは勝手に湧きあがってくるのだ。母の期待どおりに生きられないのが申し訳なくてたまらない。

黙ったままの私を眺めていた店主が、何か言いかけて、思い直したように口をつぐむ。

　彼にまであきれられてしまったかと思ったら、なおさら辛くなった。

＊

　その夜のことだ。帰宅してみると、リビングにいる母が上機嫌で豆太郎を抱いていた。

　なんだかんだ言っても、やっぱり可愛いんじゃないの。

　ほっとしかけた瞬間、おそろしい胸騒ぎに襲われた。何かがおかしい。

　——目。そうだ、目だ。毛色、大きさ、顔つきまでそっくりなのに、その目は、私を見るなり輝きを増すあの子の目ではなかった。

「……お母さん」

「うん？　なあに？」

「豆太郎をどこへやったの」

「何をばかなこと言ってるの。ここにいるでしょ」

「ごまかさないで！」

「あなたこそ、大きな声を出さないでちょうだい。この子がびっくりしちゃうじゃないの、ねえ？」

しらじらしく膝の上の仔犬をあやす母に、私は言った。

「ねえ、やめて、お母さん。私がだまされるとでも思ったの？　その子は豆太郎じゃない。ぜんぜん違う」

今だけは決して引き下がるものかと問い詰めると、面倒くさくなったのか、母は思いのほかあっさりと白状した。

「取り替えてきたのよ。今朝、あなたが出かけた後で、売買契約書と診断書を持ってショップへ行ってきたの。怒鳴り込んでやったら、店長が出てきて平謝りだったわ」

「そんなこと訊いてない。豆太郎をどうしたのって訊いてるのよ」

「もちろん引き取ってもらったわよ」

おお怖い怖い、香奈お姉ちゃん怖いねえ、と言いながら、母が仔犬にぶるぶると震える仕草をさせる。

見たとたん、マグマのように突き上げてくるものがあった。

「あの子は一生、私が面倒見るからってあれほど言ったでしょう！」

私の怒鳴り声に、さすがの母も鼻白んだふうで言った。

「やあだ、そんなに怒らなくたっていいじゃない。そっくりなのがちょうどいたんだから」

あまりの言いぐさに膝が萎えそうになる。

「いやよ。絶対にいや」

店主の言葉を思い起こしながら、自分を奮い立たせる。

「いいから、その子を貸して」

「ちょっと香奈、いいかげんに……」

最後まで聞かずに母の手から強引に仔犬を奪いとる。キャリーバッグを探している余裕もないまま、いま置いた鞄だけをひっつかんで外へと飛び出した。

急いで走ると、腕の中で揺られるのが不安なのか、仔犬がきゅうんと鳴いた。

「ごめん、ちょっとだけ我慢してね。ごめんね」

人間の勝手で振り回されるこの子も不憫だけれど、これだけ可愛くて健康なら、気に入ってくれる人がきっと現れる。でも、豆太郎には私しかいないのだ。

行き交う人の注視を浴びるのはあいかわらず怖くて、私はよけいなことなど何も考えまいと前だけを見つめて走った。

いくつかの店がシャッターを下ろし始めているのを横目で見ながらなおも足を速め、やっとのことであのショップに駆け込む。息を切らしながら用件を告げると、若い女性スタッフは驚いたように目を瞠り、とりあえず私から仔犬を受け取って奥へと消えた。向こうで店長らしき男性と何かを相談している。

様々な種類の仔犬や仔猫たちがケージの中で可愛らしく組んずほぐれつしているのを、今はできるだけ見ないようにしながら待つ。永遠とも思える数分のあと、その店長がバックヤードからあの子を連れて出てくるのが見えた。

「ま……豆……」

間違いない、豆太郎だ。こちらを見るなりひんひんと鳴いて暴れだした豆太郎は、私が抱き取ったとたん、顔じゅうを舐めまわし始めた。

「よかった……間に合った、よかった」

どっとあふれそうになる涙を必死にこらえる。

あのう、と店長が言った。

「事情は、お母様から伺いました。このたびはご迷惑をおかけして」

「いえ。こちらこそ」

こちらこそ母がご迷惑をおかけしました、と言いたかったけれど、さすがに言えない。

「それで、その、本当にこの仔犬でよろしいんですか」

「はい。ごめんなさい、お手を煩わせて」

「いや、それはいいんですが……大変申し訳ないことながら、今後もし、やっぱり健康な個体のほうがということで御来店頂いても、この後はもう交換をお受けできませんが、それでもいいんですか？」

いいんです、と、私は言った。

「この子が、いいんです」

せめて半額は返金させて頂きます、という店長の申し出を、今後の治療費の足しにするつもりでありがたく受け入れて、私は改めて書類にサインをし終え、再び豆太郎を抱きあげてそこを出た。

＊

路地裏に佇む『白蛇洞』の、波打つガラス戸越しにそっと覗くと、店の奥にぼんやりと明かりが灯っているのが見えた。

もう、帰り支度をしているところかもしれない。声をかけるのを躊躇っていると、ゆらりと人の影が動いて、中から店主が引き戸を開けてくれた。昼間と同じ、白いシャツを着ている。

背後で再びガラス戸が閉まるなり、私はたまらずに泣きだしてしまった。事情なんてわかるはずもないのに、抱かれた仔犬を一瞥しただけで、店主はただ私の頭をぽんぽんと優しく撫でてくれた。

黒い背中に落ちてくる涙に気づいてか、豆太郎がけげんそうに私を見上げてくる。自分の身に降りかかった災難など何もわかっていない様子の彼が、冷たい鼻を私の顎に押しあて、柔らかな舌で塩辛い頰をしきりになめてくれるのが、愛しくて、哀しくて、また泣けてくる。

「無理……」

私は呻いた。

「あの人とは、もう無理。もう限界」

自分の母親をつかまえてそんなことを口にしてはいけない——とは、言われなかった。店主はただ、

「そうか」

と、静かな声で呟いた。

「あの家では、母さんだけが正義で法律なの。私は何ひとつ自由にできない。発作の時じゃなくても息が苦しくてたまらなくなる。だけど、もうそんなこと言ってられない。私が守ってやらなかったら、この子は生きていけないんだもの」

ひと息に吐き出した言葉に、そうだな、と店主が頷く。

「きみが、強くならないとな」

そう、私自身が変わらなくては何も変わらない。そのためにはまず――空から落ちてきたかのように、答えが降ってきた――そのためにはまず、あの家を出なければ。

本当は、もっと早くそうするべきだったのだ。母がいまだに子離れできずに、私という娘への支配を続けているのは、あの人だけのせいじゃない。何をされようが、何を言われようが、本気で抵抗しようとしなかった私のせいでもあるのだから。

店主が、小さく咳払い(せきばら)をする。

「きみに、話そうと思ってたことがあるんだ」

目を上げると、彼は言った。

「なに？」

「じつは、そろそろここを引き払おうかと思ってる」

その意味を、やっと理解した瞬間、目の前が発光したように真っ白になった。

「そんな……嘘でしょう？　どうして急に」

「急じゃない。こうなることは決まっていたのに、今回はいささか長くとどまり過ぎた」

きみのせいで、と付け加える囁き声が、私の鼓膜を震わせる。無意識のうちに腕に力がこもってしまったのか、豆太郎がぷすっと鼻を鳴らす。

気づいた時には言葉がこぼれていた。

「私も連れてって」

即座に駄目だと言われると思ったのに、彼は、じっと私の目を覗きこんだ。

「本気で言ってる？」

「ええ」

「うんと遠くへ行くかもしれないよ」

迷いをふりきって頷く。

と、おもむろに彼の顔が下りてきた。

豆太郎を床に下ろすひまはなかった。店の奥から届く仄かな明かりの中で、私たちは、知り合って二十数年目にして初めての口づけを交わした。

　心臓が痛いほど脈打つ。二度目からあとの口づけはもっと深くて、彼は続けるために途中で眼鏡をはずした。唇も舌も、彼のはひんやりと冷たかった。

　夢の中でまで必ず漂うあの麝香と沈香の蠱惑的な香りが、これまでいちばん強く、濃くなる。鼻腔から脳にまで届いて、酔っぱらったみたいにくらくらする。

　どうしてもっと早くこうしなかったのだろう。私も彼も、いったい何を躊躇っていたのだろう。

　薄く目を開けると、間近に彼の顔があった。眼鏡のない顔を見るのは初めて、と口にしかけたとたん——

　途轍もない違和感に襲われて、私は思わず一歩下がった。背中に当たったガラス戸が、がしゃんと音をたてる。

「どうした？」

「だ、だって……」

　だって、おかしくはないか？　いくらなんでも、ここまで若いだなんてあり得なくはないか？　私が子どもの頃、このひとはすでに立派な大人だったのだ。どんなに低く見積もっても四十代半ばにはなっていなければおかしいはずなのに、せいぜい私より少し上にしか見えないなんて、いったい……。

喉がふさがり、心臓が早鐘を打つ。またあの発作が来るのかと怖ろしくなったけれど、そうではなかった。私はただ、あまりにも深く激しく混乱しているだけだった。

「……あなたは、誰？」

意味の通らないことを訊いてしまったはずなのに、店主は笑わなかった。

「さあ。どう思う？」

息のかかる距離で互いを見つめ合う。

歳を取らない男。どんなに客の少ない店であっても、まるで変化のない容貌はやがて人の噂にのぼるだろう。そうなる前に——。

本来あるはずのないことを考えているというのに、胸の裡がしんと静まり返ってゆく。すぐ上で、彼の喉仏が大きく上下するのを見つめる。店の奥からの逆光に透ける肌が一瞬ぬめりと底光りして、青白い鱗、を見たように思ったのは錯覚だったろうか。

幼い頃の記憶が脳裏をよぎる。彼に手当てしてもらうとすぐに、跡形もなく消えた火傷。あのとき彼が懐から取りだした、あまりにも薄く丸い玻璃のようなあれは……。

背中にまわされた長い腕が、じわじわと締め上げるかのように私を圧迫してゆく。

でも、どんなにきつく抱き寄せようとも、彼が二人の真ん中にはさまれた仔犬を気遣ってくれていることに気づくなり、私はふいにまた泣きそうになってしまった。

このひとはいったい、どれほど永い時間をひとりきりで過ごしてきたのだろう。その間には、誰かと暮らしたこともあったかもしれない、それでも彼は、いつだって必ず置いていかれる側だったはずだ。心を許した友人からも。愛した女性からも。

きょとんと見上げてくる豆太郎と目を見交わすと、仔犬は小さな尻尾をはたはたと振った。

私たちは、悠久の時など生きられない。いつ何時とつぜん終わるかわからないこの子の一生も、私のそれも、ともに刹那だ。ずっと昔、彼が懐から取りだしてのちに溶けていった、あの薄く丸いものと変わらない儚さだ。

けれど、たとえそう遠くない日に別れが訪れるとわかっていても、いま共に過ごすこの時間に意味がないとは思いたくない。むしろ限りあるものだからこそ今が輝くのだ、と——そう思わなければ、いくらなんでも哀しすぎる。

サンサーラ、と胸に唱えてみる。

迷いだって、苦行だっていい。何度死んでもいい。私は、そのたびに生まれ変わりたい。幾たび生まれ変わってもきっと、ひたすら寂しいばかりのこのひとを探し、可愛い豆太郎を見つけようと躍起になるだろう。このひとが誰であっても愛し、来世で豆太郎が万一また同じ病気だったとしても、それでも迷わずこの子を選ぶだろう。

「ひどい言いぐさだとは思うけど……」

長いこと黙っていた彼が、ようやく口をひらく。

「僕と来ても、幸せにはなれないよ」

私は再び目を上げた。

そんなことを望んでいるのじゃない。思いながら、あえて気丈を装って答える。

「次もまた、ここみたいな店を開くんでしょう？」

「そうだな。たぶん」

「人目を避けたいのなら、有能な店番が必要でしょう？」

なるほど、そうきたか、という呟きに苦笑いが混じる。

私は、服越しにもひんやりとする彼の体を仔犬と一緒にそっと抱きかかえた。

愛おしい彼の香りを吸いこみ、目をつぶる。深くて暗い穴ぐらの奥で、ずっと昔、こうして誰かを待っていた気がふいにした。もしかして、私にとって今生はすでに、初めてのものではないのだろうか。もう何度も生まれ変わって、そのたびに、香りを頼りにこのひとを探していたのでは……。

「安心して」

今の自分に言えるせいいっぱいの言葉を口にする。

「あなたたちのために、私、うんと長生きしてみせる。いつか死んでも、すぐにまた戻ってくるから」

想(おも)いは伝わったはずなのだけれど、そこは素直さの差だろうか。

私の頬に冷たい鼻先を押しあてたのは、豆太郎のほうが先だった。

TSUNAMI

また、揺れた。

ソファからはね起き、足もとの箱に横たわるタビスケに覆いかぶさるようにすると、猫は濁った瞳で私を見上げてきた。

喉の奥で遠雷のような弱々しい音をたてる。甘えているのか、それとも苦しいせいなのか、どちらともわからなくて胸がつぶれそうになる。

「大丈夫だよ、タビ。ここにいるよ」

寝ずの看病をするつもりだったのに、いつのまにかうとうとしてしまったらしい。その間にタビスケの息が止まっていたら、と想像するだけで気が変になりかける。音量を絞ったテレビに目をやると、ほどなく地震速報が流れた。

あの凄まじい揺れから、すでに丸一日以上。その間じゅう、何度にもわたって余震がくり返されている。速報の背景に映るターミナル駅は、寒風に背中を丸める人々であふれていた。交通麻痺のせいでいまだに帰宅できないままなのだ。

ゆうべは私もあの中の一人だった。会社から家まで歩いて帰ったのも初めてなら、ヒールの靴で四時間歩き続ける辛さを思い知ったのも初めてだった。三十代の初め頃までは体力が自慢だったのに、否応なく年齢を痛感させられる。

画面が切り替わり、沖合からどす黒い水煙を上げながら〈あれ〉が迫ってくる。おぞましくも高々とそそりたつ、水の断崖。もう見たくないのに目を背けることすらできない。

おととい、まさに地震の前の日にあの街にいたのだと思うと、心臓が煮こごりのように冷えて固まる心地がした。

〈ひと晩くらいゆっくりしていけばいいじゃない。美味しいもの食べて飲んで、女同士、内緒の話をしましょうよ〉

長年担当している女性作家の誘いを、心残りながら断ってとんぼ返りしたのは、家で待つタビスケの病状が心配だったからだ。それきり、作家とは連絡が取れなくなっている。何度かけても電話がつながらないのは、沢山の人がいちどきに回線を使っているせいに違いない。きっとそうだ。

画面が再びかわり、今日の午後の被災地が映し出された。無残な瓦礫の山が、まぶしい陽ざしに照らされているさまは異様だった。

あたり一帯を指差して、若いリポーターは言った。

〈昨日までは町だったところに、今は何もありません。まるで空襲のあとのようです〉

くうしゅうのあとのようです——そう口にするには、あまりに幼すぎる声だった。

とはいえ私も、そんなものは映画や資料映像でしか見たことがなかった。戦争というものをじかに知らない私にとって、たとえそれがテレビのニュースの中であれ、目の前で今まさに人の命が失われていき、それをただ茫然と口をあけて見ているしかないなどという事態は生まれて初めての経験だった。もちろん、この国の多くの人々にとっても同じだろう。

〈あたしらの娘時代はねえ、防空頭巾が手放せなくてねえ。いつサイレンが鳴って、空から爆弾がばらばら降ってくるかわからなかったから〉

私が大学に進んだ年に亡くなった祖母の、訥々とした口調を思いだす。

焼け野原が日常だった時代を生き抜いた祖母の体は小さくて、足には焼夷弾で負った傷が残っていたけれど、物言いはいつも穏やかで、私を見るまなざしは柔らかな慈しみに満ちていた。いったいどれだけの苦しさをくぐり抜けたら、人はあれほどの強さを獲得できるのだろう。私なんて、十七年間ずっと一緒だった猫が死にかけているというだけで何も手につかないのに。

タビスケの容態が急変したのは、つい数時間前のことだった。いきなりへんな鳴き声をあげ、箱の中でだらだらと失禁したきり立ちあがれなくなった。

テレビカメラは、焼け野原に立ちつくす人々を映している。ほんの一日前まではそこに家のあった人たち。大事にしていたものをすべてなくした人たち。命を保つだけで精いっぱいで、まだ泣くこともできない人たちがあそこにいるというのに、私にとっての一大事は猫なのだ。申し訳なくて、いたたまれない気持ちになる。

動けない猫が、もがくような仕草をする。

と、タビスケの耳がぴくっと動いた。直後に呼び鈴が鳴った。

「大丈夫、大丈夫だから、ね」

猫をなだめつつ、自分の心臓をなだめる。

誰だろう、土曜のこんな時間に、わざわざ一軒家の呼び鈴を鳴らすなんて。壁の時計は十時半を回っているから届け物のはずはない。

知らんふりをしようとも思ったけれど、もしかすると、ゆうべの私みたいに家まで歩いている人が急にトイレを我慢できなくなったとか、そういう事情かもしれない。

「待ってて、タビ」

立ちあがりながら私は言った。

「ちょっとだけだから、絶対待っててよ」

また呼び鈴が鳴らされる。

急いでリビングを出て玄関に向かった。三和土（たたき）に脱ぎ散らかした靴を踏み、ドアの覗（のぞ）き穴に目をあてる、なり——息を呑（の）んだ。

（どうして……）

答えるかのように、三度目が鳴り響く。私が家にいることを疑いもしていないのだ。このまま何度でも、こちらが開けるまで鳴らし続けるつもりだろうか。タビスケは来客が苦手で、だからこそ呼び鈴も大嫌いなのに。

ドアノブに手をかけた。

思いきって、でも内側の鎖のぶんだけ細く開ける。

「よう。やっぱりおったな」

男は、隙間（すきま）から覗くようにして片手をあげた。九年前に別れた時とまるで変わらない、図々しさとすれすれの人懐（ひとなつ）こさで彼が笑うのを見た時、私はようやく、どこかでこのことを予期していた自分に気づいた。

「タビスケが動かれへんのやから、おまえも家におると思たんや。案の定やったわ」

人生の三分の二を東京で暮らしているくせに、言葉を改める気などさらさらないらしい。この子どもじみた頑固さが、あんなに愛しかった時代もあったのだ。

「なあ、もうここまで来とるんや、ちょっとくらい上がらしてくれてもええんちゃうか」

男の髪には、以前はなかった白いものがずいぶんと目立っていた。見てはいけないものを見てしまったようで、舌の根に苦いものが溜まる。

「なあ」

私はドアを閉めた。

「おい！」

いったん閉めてから内側の鎖をはずして大きく開けてやると、彼はほっとした表情を見せ、そんな自分に気づいてか気まずそうな様子になった。

「その……大丈夫やったか。ゆうべのうちにでもすぐ来れたらよかったんやけど、すまん。心細かったやろ」

「勘違いしないで」

さえぎるように私は言った。

「近所迷惑だからとりあえず開けただけよ。タビには会わせてあげるけど、すぐ帰ってもらいますから」

「そんな怖い顔せんといてくれや。べっぴんさんが台無しやで」

つまらない軽口は無視する。

黙ってリビングに戻る私のあとからついてきた彼は、一歩入るなり顔をしかめた。

「うわあ、ションベンくさ」

かちんときた。

「仕方ないでしょう。猫トイレにたどり着くまでもたないんだから」

嫌なら帰ってよ、と言うのには答えずに、彼はタオルを敷いた箱の中を覗きこむと、
ああ、ああ、ああ、と情けない声をあげてしゃがみ込んだ。

「このアホが……こないに瘦(や)せてしもてからに」

声にぴくりとなったタビスケが、かろうじて頭をもたげ、男を見上げる。目やにと鼻水、そのほか涎(よだれ)だか何だかわからないもので汚れた猫の顔を、男はためらいもせずに撫(な)でまわした。愛おしげな手つきに、タビスケが喉を鳴らし始める。

その音が耳に届いたとたん——どういうわけだろう、こらえる暇さえなかった。自分でもびっくりするくらい唐突に涙は溢(あふ)れ、いったん溢れると止まらなくなった。

タビスケを撫でていた手が、今度は少しだけためらった末に、私の頭をぽんぽんと優しくたたく。涙と一緒に、どこか遠い彼方へ追いやっていたはずの記憶までが次々に溢れだしてくる。

この大きな手に、毎夜愛された日々のこと、とか。同じ手が、道ばたの側溝に捨てられていた仔猫を拾い上げた晩のこと、とか。

そうだ、あれはたしか、二人して飲みにいった帰り道だった。それからは毎日、仔猫に会いたさにどちらもが早く家に帰ったから、あの時期の私たちの仲は最高にうまくいっていた。駅からの途中、古い石畳の路地にある骨董店で、わざわざ古伊万里の器を猫のために買い求めたりもした。藍の染付けと赤絵のものとでさんざん迷っている私たちを、着流しに丸眼鏡の店主は少しも急かさず待ってくれていた。

別れる時に最も揉めたのも、どちらが猫を引き取るかだった。

〈裏切ったほうがいちばん大事なものを手放すべきよ〉

私が言い切ると、彼は、すでにあきらめたような苦笑いをもらした。

〈俺にとって、いちばん大事なもんはおまえやったんやけどな〉

あの時も今も、つくづくとずるい男だった。

＊

女子大を出たばかりのおぼこな私に、男女のことを一から教え込んだのは彼だ。

十も年上の男に、私もまた、出会った瞬間から惹かれた。生まれて初めて経験する、肉体の熱を伴った激しい恋だった。映像作家としての彼の才能に惚れ込んだ私にとっては、〈金と女にだらしない〉という人としての欠落ですら、芸術家には不可欠の要素であり魅力であるように思えた。

それでも、どうしても我慢できなかったのだ。

〈ちゃうねん、て。ほんまあん時、どないかしとってんて。頼むわ、堪忍してくれや〉

どれだけ言い訳や謝罪を積みあげられても、あるいは脅されても泣かれても、無理なものは無理だった。聞き入れる余地など微塵もなかった。

八年も付き合った末に、私よりさらに若い女とそういう仲になったというだけで許せないのに、あろうことかその相手は、私がいちばん目をかけて何度も家に連れてきていた部下だったのだ。途方もない裏切りだった。憎くて情けなくて苦しくて、全身の皮膚が爛れ落ちるかと思った。

あの時、もしもタビスケの存在がなかったら——一匹の猫から必要とされているという使命感が私を思いとどまらせなかったら、腹いせに男の目の前で焼け死んでやるくらいのことはしていたかもしれない。

あれから後、ほかの誰かとの間に、恋と呼べるほどの関係を築いた例しはない。途中で面倒になるか、あるいはそれ以上好きになることが怖くなるか、たいていそのどちらかが原因で、私から逃げだしてしまうのが常だった。

編集部あてに突然電話がかかってきたのは、先月の終わりのことだ。別れてから一度も会っていなかったのに、声を聞いただけで誰だかわかってしまう自分にあきれた。

〈今週の大先生のエッセイ、読んだで〉

挨拶もそこそこに男は言った。

〈あれ、タビスケのこっちゃろ〉

ある大物作家が、担当編集者である私の愛猫への献身ぶりについて、連載エッセイに面白おかしく書いたのだった。

すべてにおいて猫が最優先だから、男と付き合っても決して外泊はしない。御年十七歳という高齢にして糖尿病を患っている猫に、毎朝必ず自宅でインシュリンの注射を打ち、やれ目やにが出た下痢をしたと大騒ぎしては動物病院へ駆け込む。そればかりか、猫の具合がとくに悪い日は、看病を理由に堂々と会社を休む。今の日本であれほどきっちり有給休暇を消化しているのはおそらくあの女くらいのものではあるまいか——大先生は半ばあきれたようにそう書き綴っていた。

〈タビスケのやつ、ほんまにもうあかんのか〉

心配そうな声で言う男に、

〈そうですね、残念ながら〉

私は、あえて馬鹿丁寧に答えた。

〈いつどうなってもおかしくない状態ではあります〉

〈可哀想になあ。ずっと苦しんどるんか〉

〈いえ、そこまでではないですけど〉

まわりに同僚のいる中では話しにくかったが、かといって、別れた時に変えた携帯の番号を今さら教える気にはなれなかった。仕事中ですのでもう切ります、と言いかけた時だ。

〈なあ。いっぺん、タビに会わしてくれ〉

〈はあ？〉

思わず声が大きくなった。急いで姿勢を低くし、積みあげた書類の陰で受話器に口を近づける。

〈ちょっと、なに言ってるのよ〉

〈おまえが俺と会いとないんは、ようわかっとる。せやけど、俺らが一緒におった八年間は、二人でタビスケを可愛（かわい）がった八年間やないか。ひと目でええねん。さいごにタビに会わしたってくれ。今でもあの家に住んでんねやろ？〉

懇願の口調を耳にするうち、まるで糸の端をたぐり寄せるようによみがえったのは、かつての苦い思い出だった。いい気なものだと思う。二人で暮らした家を、私が彼から買い取ると言った時は、あんなに渋ったくせに。

どう自惚（うぬぼ）れたか知らないが、あの家を手に入れようと思い立ったのは、彼との思い出なんかのためではない。私はただ、タビスケのために、どこへも引っ越したくなかったのだ。小さな仔猫の頃から、虫や小鳥を追いかけて遊んでいた庭。私たちが別れた頃のタビはまだ充分に元気だったけれど、それでもいつの日かどうしても見送らなければならないのなら、せめて家の庭に葬（ほうむ）ってやりたかった。そうできる、と思うだけで、私の心は落ち着いた。

〈な。いっぺん寄さしてもろてもええやろ〉

しつこく食い下がる男に、私は言った。

〈お断りします〉

週刊誌のエッセイなんかをたまたま読んだりしなければ、思いだしもしなかったはずだ。このままタビスケのことも、あの家のことも、きれいさっぱり忘れてしまってほしい、と言った。

〈ふうん。自分のことは忘れてほしいて言わへんのやな〉

からかうような物言いにかっとなったが、抑えた。

〈わざわざ言うまでもないことですから〉

ことさら冷たく言い放ってやったのに、なぜか機嫌よさそうに笑う男の声が癇(かん)に障(さわ)って、そのまま受話器を置いた。

かつての裏切りによる古傷が、いまだに痛むわけではない。正直なところ、憎いという感情さえ残っていないくらいだ。

それでも、いや、それだからこそ、会いたくなかった。

あの頃、彼とはいくら話しても話題が尽きなかった。音楽に絵画、映画や旅、お酒や美食から大人の遊びに至るまで、彼の話はどれも刺激的で、一緒にいるだけで愉(たの)しすぎた。

おそらくそれは、今でも変わらないだろう。会わなかった九年間などあっというまに巻き戻ってしまうのだろう。

あのときの彼女との間にできた子どもは、もう小学生になっているはずだ。守るべき家族のある男を相手に、この期に及んで感情の波立ちをもてあますなど願い下げだ。

誰かとの深い関係など、もう要らない。いつでも自分の心に歯止めをかけられる状態でいるくらいがちょうどいい。私には、男をつい愛しすぎてしまう癖がある。恋愛に全体重を預けてしまうから、失うと立つこともできなくなる。踏みしめる地面をなくして、どうやって立っていられるというのだろう……。

電話を切ったあとも、私はしばらくぼんやりしていた。頭に浮かぶのは、なぜか祖母の顔ばかりだった。

毎朝毎晩、小さい背中を丸めるようにして仏壇の位牌を拝み、鴨居に飾られた祖父の遺影の額を見上げてはそちらにも手を合わせていた祖母。その少女のような初々しい横顔を見るたび、親同士の取り決めで一緒になった旦那さんのことをそんなに好きになれてよかったねえ、くらいに思っていた私は、後になって自分の間違いを知った。

祖母が亡くなった年の大晦日のことだ。仏壇のある部屋を掃除するのは私の係だった。まだ真新しい祖母の遺影の隣、鴨居に並んだ祖父のそれをはずしてガラスを磨こうとしたら、ふとした拍子に額の裏側のふたがはずれ、中からひらりと落ちたものがあった。拾い上げてみると古い写真だった。馬にまたがった若い兵隊さんが写っていた。

これだけは確かに言えることだけれど、祖母は、祖父のことを深く尊敬し、大切に仕えていた。その心に嘘はなかったと思う。

でも、それとはまた別に、一生をかけてひたむきな想いを捧げた相手は、おそらく、祖父の遺影の裏側に忍ばせたあの写真の兵隊さんだったのだ。友人の兄か、幼なじみか、それとも遠い親戚の誰かだろうか。時代が時代だったから、一度も結ばれたことなどなかっただろう。想いを告げることさえできずに、出征していくひとを遠くから見送るのが精いっぱいだったかもしれない。

私は、写真のことを母にも言わず、他の誰にも見つからないようにと祈りながらそっと元に戻しておいた。偶然とは言え秘密を覗き見てしまったことが申し訳なくて、その日、隣にかかっている祖母の遺影にはとうとう触れることができなかった。

どこまでも純度の高い執着。

祖母が、死ぬまで心に抱き続けたあの気持ちこそが「恋」と呼ぶにふさわしいものなのだとしたら、私がかつて経験したつもりになっていたものはいったい何だったのだろう。もしかして、純粋な恋情というものは、あらかじめ失われた相手との間にしか保てないものなのだろうか。

少なくとも、あれから二十年ほどが過ぎた今になっても、私には、少女のような初々しさで思い浮かべられる異性の顔などひとつもない。人生の最期の時にそばにいてほしいと願う相手が、一人として思い浮かばないのだ。

別れた男からの電話に動揺していたせいもあるのだろうか。あの日の私にとっては、それが、ひどく寂しいことのように思えた。

＊

溢れてしまった時の激しさからすると、涙がどうにかひっこむまでの時間はそんなに長くはかからなかった。私はティッシュを取って顔を拭き、洟をかみ、ついでにタビスケの顔も拭いてやった。

いくらか楽に呼吸できるようになったタビスケが、ぷす、ぷす、と鼻を鳴らし、再び箱の底に横たわる。きつい酸のにおいが立ちのぼった。もう、尿も何もかも垂れ流しなのだ。だらりと投げだされた四肢が、以前のように地面を踏みしめることはない。またこみ上げそうになる涙を、歯を食いしばって懸命にこらえる。

たった今、またひどく揺れた。地震速報の後ろには、相も変わらず同じような映像ばかりが映し出されている。

川をぐいと遡り、平野を呑みこんでゆく水の塊。模型のようにあっけなく押し流される家々や車、港に打ち上げられ漁協の屋根まで越えてゆく何隻もの船、ついさっきまでは何かの建物だった材木、トタン板、どこかの店の看板……。

見たくなんかないのに、目をそむけることができない。あちら側の現実と、こちら側のそれとの差異があまりに激しすぎて、頭も体も混乱する。怖い。部屋は暖かいはずなのに、寒くてたまらない。自分まであの波に呑みこまれ、暗く冷たい深みへと連れていかれそうだ。

タビスケの箱のそばに座り込み、くり返し撫でてやりながら息を潜めるようにして画面に見入っていると、ふいに後ろから抱きすくめられた。バランスを崩し、危うく猫のおなかの上に手をつきそうになる。

「何するの」

「なあ」

私の耳の後ろに鼻をこすりつけ、男は、ぞっとするほど懐かしい掠れ声で言った。

「しよや」

「は？」

「ここへも、いつ何どき大っきいのが来るやわからん。今日別れたら、二度と生きては会われへんかもしらん。最後やと思て、な、今のうちに、な。あっため合お」

こんな時に何をふざけたことを――。

むしょうに腹が立ち、ふりほどきかけて気がついた。男の腕は、小刻みに震えていた。


揺れがいつ襲ってくるかわからない中で、悠長に服を脱いでなどいられない。互いの下着だけを引きおろし、ソファの上で慌ただしくつながろうとする男を黙って受け容れたとたん、目尻に再び、何のためともわからない涙がにじんだ。

「匂うで」

また猫のおしっこのことを言っているのかと思ったら、そうではなかった。男は、互いのつながっている部分を見おろしていた。

「お前のんからや。ごっつオンナの匂いがしとる」

男の器官が、私の中をこすりあげるように往復する。ばかばかしくて哀しいだけの行為なのに、確かな熱さが私をこの現実につなぎ止める。

頭の上で、電灯の笠がまたゆらりゆらりゆらり揺れ始める。それより大きく揺さぶられながら、ふと足もとの箱のほうを見やると、薄い膜のかかったタビスケの瞳がこちらを見つめていた。

もの言いたげな猫の目を見つめ返しながら、徐々にのぼりつめてゆく。鼻腔(びこう)を突き刺すのが何の匂いなのか、もう私には判別がつかない。

やがて、耳もとで、男の果てる声が寂しいけものの鳴き声のように響いた。

抱き合う前より、離れた後のほうが寒かった。脱いだときと同じように、互いに黙って衣服を整える。

いつまでここにいるつもりなのか。もういいかげんに帰ってほしい。そう言おうとした時だ。

すくい上げるような大きな衝撃に、私は思わず悲鳴をもらし、這(は)うようにしてタビスケの箱に取りすがった。

「うわ、あかんわこれ」

男の声がうわずる。

「外、出るで」

「だってタビが」

「抱いて行け」

「だめ、今そんなことしたら死んじゃう」

「どっちゃみち死にかけとるやないかい！」男は怒鳴った。「おまえまで一緒に死んでどないすんねん、阿呆（あほう）！」

私は、猫を箱ごと抱えあげた。からっぽかと思うほどの軽さによろけながら、そのまま、小ぶりのダイニングテーブルの下に潜りこむ。

「おい！」

さらに語気を荒らげた男を睨（にら）みあげ、私は言った。

「あなたの場所は、ないよ」

男が絶句する。

「わざわざ来てくれて、どうもありがとう。だけどお願い、もう帰って。私をタビとふたりきりにして」

舟をこぐような大きな揺れと、ぎし、ぎし、と家が軋む音は、ずいぶん長く続いた。

そのうちに、ゆっくり、ゆっくり、おさまってゆく。

いつのまにリビングを出ていったのだろう。玄関のドアが閉まる音が、ひどく遠くで響いた。

耳をすませる。もう本当に戻って来ないとわかった時、ようやく、長く深いため息がもれた。

愛して、いたのだと思う。おそらく。あれほど私の中にまで深く食いこんできた男は他にいなかった。彼がいなければ生きていけないと思っていた日々もあった。けれど、結局のところ私は、私がいなければ生きていけない相手のほうを選ぶ女なのだ。それがたとえ、どっちゃみち死にかけの猫であったとしても。

どこまでも純度の高い執着。

もし本当にそれをこそ恋と呼ぶのなら――後にも先にも、初めて拾ったこの猫ほどに強く執着できる存在を見いだすことは、もう二度とないだろう。他人ばかりか自分に対してもしょっちゅう嘘を重ねてしまう私だけれど、タビスケへのこの気持ちだけは、特別、だった。いっさいの混じりけもごまかしもない、神に誓って純粋なものなのだった。私のためになんか、何もしてくれなくていい。ただ元気で、そこにいてくればいい。望みはそれだけだったのに……。

　まるで、突きつけられた銃口を覗きこんでいるかのようだ。慄き、震えながら、私はタビスケとの別れの瞬間を待っている。

　何の前触れもなく、突然の波に呑まれて奪われていく命があることを思うと、こうして死の訪れまでの間に心の準備のための猶予が用意されているのは、残酷なのか、それとも幸福なのだろうか。私にはわからない。

　タビスケの呼吸が、また少し間遠になった。もう、まともに息を吸いこむ力も残っていないらしい。

　濡れそぼって臭う体を、かまわず箱から抱きあげ、膜のかかった目の奥を覗きこむ。

「タビ。ねえ、いっちゃうの？　ねえ」

　男と暮らした八年。そして、そのあとの九年。私が最も私であった十七年間をずっと支えてくれた、この柔らかな体。逆三角形の小さな顔。

　以前はきれいな薄桃色だった鼻先に頬を寄せ、私は、かすかな息づかいをなんとかして感じ取ろうとした。

「ねえ、まだだよね。どこへもいかないよね」

　前足が、ひくっと震える。

「やだ、いっちゃやだよ、タビ！」

引き止めたいのに、どうにかして引き止めておきたいのに、肋(あばら)の浮きでた平べったい体が痙攣(けいれん)し、腹が上下する。苦しいのだ。ひとつ息をつくだけで、地獄の苦しみなのだ。

「タビ……」

なおも迷った末に、やっとの思いで言葉を押しだした。
「わかった。もういいよ、タビ。よく頑張ったね。ほら、もう、楽になりな」
まるで、その言葉を待っていたかのようだった。かぼそく長い息を吐ききったかと
思うと、私の猫は次の瞬間、背中をぐんっとのけぞらせ、そこだけ白い足先をつっぱ
って全身を硬くこわばらせた。
琥珀色(こはくいろ)の瞳の奥から、いのちの残照がみるみる弱まり、消えてゆく。
私は、ぎりぎりまで顔を近づけ、目をこらしてそれを見届けようとした。針の先ほ
どのかすかな光が完全に消えてしまう瞬間まで。——最後の、最期まで。
窓の外遠く、かすかに救急車のサイレンが聞こえる。部屋の中で息をしているのは、
今はもう、私ひとりきりだ。

つけっぱなしのテレビからは、ほとんど同じ情報と映像とがずっとエンドレスで流れている。

たった一日違いで、あの高波に呑まれずに済んだ奇跡。あるいは、偶然。無事に生きていることに疚(やま)しさを覚えるのは初めてだった。

〈今日別れたら、二度と生きては会われへんかもしらん〉

そう——生と死とを分かつ境界線は、人が思うほど太くない。死は、つねに生のすぐそばにある。

けれど、それは同時に、こうも言い換えられはしないだろうか。死せる者は、生ける者のすぐそばに在り続けるのだ、と。

せめてそんなふうに自分に言い聞かせることで、今はわずかでも胸の奥が慰められる気がした。そんなふうにでも思わなければ、遺(のこ)された自分を呪(のろ)ってしまいそうだった。

台所のシンクの足もとに、古伊万里の器とガラス鉢が置いたままになっている。カリカリの猫餌(えさ)の他に、時折お刺身の切れ端など分けてやると、満足げに喉を鳴らして食べていたタビスケ。寝る時は必ず私の腕枕(うでまくら)を要求し、そのかわり朝は決まった時間に起こしてくれた。こんな私と暮らした一生を、彼は幸せだったと思ってくれているだろうか。

まだほんのりと温みの残る体を抱きかかえ、そろりとテーブルの下に横たわる。今夜はこのまま、床で眠ろう。目が覚めたとき、もし無事に生きていたなら、また一日生きのびるすべを考えよう。

するべきことはたくさんある。自分の身を護らなくてはならないのも、誰かのためにできることを考えなくてはならないのももちろんだけれど、とにかくまずは、この子をお風呂に入れて、きれいにしてやらなくてはいけない。おしっこまみれのままお別れするなんて耐えられない。幸いと言っていいのかどうか、なけなしの体力が奪われることを心配する必要はもうないのだし、水の嫌いなタビが大暴れすることもないのだから。

そうして、元気だった頃のようにお日さまの匂いのする毛並みをふかふかに乾かしてやったら、ちょうどいい大きさの新しい箱を見つけ、お気に入りだったタオルを敷いてゆっくり寝かせてやろう。

それから、庭のひと隅に穴を深くふかく掘ろう。この子がよじ登っては気持ちよさそうに昼寝をしていた、柿の木の下あたりがいいかもしれない。あそこなら家の中から、いつでもいつまでも眺めていることができるし、この子もまた、きっと見守ってくれるだろう。最愛のものをなくした私が、それでも懸命に日々を生きてゆこうとするのを。自分のいないこの世界が、それでもなお、愛しく眩しく輝き続けるのを。

「タビ？」

そっと声に出してささやいてみる。

「そこに、いるよね？」

甘える喉声が応えることは、もう、ない。腕に抱いた毛のかたまりは、空っぽのまま動かない。

そのかわり、間近に寄り添い見守る者の存在を、気配を、息づかいを、私は今、たしかに感じている。

毛皮に覆われた小さな魂。

わずかに残る温もり。

そして押し寄せる、記憶の、津波。

解説

千早茜

匂いはとても不平等だ。

鼻をかすめた一瞬で、受け入れるか否か、身体が決めてしまう。好ましい匂いは鼻腔の奥まで深々と吸い込みたくなり、恍惚や安堵を与えてくれる。反面、受け入れがたい匂いは緊張と嫌悪をおよぼし拒絶せざるを得なくなる。そうかと思えば、一度好きになった匂いが突如として受け入れられなくなったりもする。自分ではどうすることもできない。

まるで恋愛のようだと思う。どんなに好みがはっきりしていても嗅がずに香水を買う人はいないように、人と人との恋も出会ってみなければわからない。性愛もしかり。肌の馴染みばかりは理屈ではどうにもならない。

わざわざ私が書くまでもなく、村山由佳さんは恋愛小説の名手として名高い作家である。本作はその村山由佳さんが香りをテーマにつむいだ短篇集だ。それぞれ独立した物語だが、ちいさな繋がりもあり楽しい。

小説、映画、演劇、絵画、音楽……たくさんの表現方法はあれど、嗅覚を表すのは五感の中で一番難しいことのような気がする。以前、調香師の方に取材させてもらったことがあるが、香りを記憶する時は言語化するのだとおっしゃっていた。ソムリエもそうしているらしい。彼らの香りを表現する言葉の多彩さに驚いた。しかし、そうした言葉を並べたとて、人に伝わるかどうかはまた別の話だ。けれど、物語の中でならば、読んだ人の頭の中に香りを作りあげることは可能だと思う。誰もができることではないけれど。

村山由佳さんは感覚に訴えかけてくる文章を書くのがもっとも巧みな小説家の一人だ。けして説明的になることはなく、あくまで自然に、さりげなく物語の背景が立ちあがってくる。風が吹き、空の色が変わり、花が咲いて、樹々が色づく。私にとって彼女の小説を読むのは特別な時間で、いつも香りの良い紅茶をたっぷりと淹れて本をひらく。優れたサービスマンが客に気取られずに行き届いた接客をするように、村山由佳さんの文章は高度な技術を駆使しながらも読者を身構えさせず、するすると物語の世界に誘っていく。そうして、気づけばどっぷりと溺れ、貪るように一気読みしてしまう。優雅で、贅沢な、恐ろしい文章である。

一話目の「アンビバレンス」から大人の気配が漂っている。セキセイインコを飼う主人公のみちるは写真の師匠である比嘉と長いこと愛人関係にある。そこに調香師の安藤という魅力的な若い男性が現れ、いわゆる三角関係になる。女性の生と性の解放を描いた『ダブル・ファンタジー』、続編の『ミルク・アンド・ハニー』、二組の夫婦の秘密が絡み合う『花酔ひ』など、村山作品には「誰にも後ろ指をさされない」ものとは程遠い関係性がある。その肌感覚を伴った性描写は秀逸で、官能的でありながら品を失わず、女性の心のひだを丁寧にすくいあげる。今作も調香師・安藤との香りを媒介にした性交シーンが艶めかしく、鮮やかに匂いたってくる。比嘉と安藤、みちるがどちらの男を選ぶのかは読んでのお楽しみだが、「オセロの駒が全部裏返ったかのよう」な衝撃の展開に唖然として、次の瞬間、深く納得した。まさに題名の通り、人は愛情の傍らで「相反する感情」を無意識に育てている。そして、生理的嫌悪感に一度気づいてしまえば、もう取り返しはつかない。女性同士の打ち明け話で「わかるわかる」が連発されるような、頭ではなく身体や感情の問題だ。肌を通過した言葉には嘘がない。すべてを体験して書いているわけではないとわかっていても、村山由佳さんの物語にはその温もりと息づかいがある。

この物語には「自分の存在を世界から肯定されている」ような「絶対的な安心感」のある匂いの原点についても書かれている。五感の中で嗅覚だけが大脳辺縁系に直結しているらしい。そこは記憶や感情を司る部分だそうだ。確かに、匂いの記憶は色褪せない。一瞬で過去を蘇らせてしまう。自分にとっての匂いの原点の記憶はなんだろう、と考えてしまった。どんな波乱の人生を送ったとしても、人はあんがいそこへ戻っていくものなのかもしれない。

二話目の「オー・ヴェルト」の万実は仕事で東北へと赴き、かつての恋人に再会する。そこに離婚した元夫から電話がかかってくる。村山由佳さんの描く男性の無神経さは非常にリアルだ。『La Vie en Rose　ラヴィアンローズ』にでてきた束縛の強い夫は読んでいるうちに呼吸が浅くなってくるほど怖かったし、愛人の軽率で幼稚な発言には苛々させられた。今作は植物の美しい描写に癒される。縄文時代からのブナの原生林が見えるように美しく、ひんやりした緑の呼気を感じた。おおきく深呼吸をした心地になる、再生と命の繋がりの物語だ。

「バタフライ」は本作では唯一の男性主人公だ。中古車販売業を営んでいる吉守は、えくぼの素敵な年上女性に三か月の愛人契約を持ちかけられる。「フォルムの美しい生きものが大好き」と言う彼女と束縛のない楽しい時間を過ごすが、その関係は唐突に終わりを告げる。やはり「誰にも後ろ指をさされない」関係ではないけれど、そもそも小説とはそういった名前のない関係性を描くものだと思わせられる。大人の女性の可愛げや矜持が愛おしく、想いをうまく言葉にできない主人公が迷いや後悔を流そうとするように泳ぐシーンが切ない。水飛沫がきらめくラストを読み終えた後も、塩素の香りの鱗粉をまきちらす青い蝶が瞼の裏ではばたいていた。

四話目の「サンサーラ」の香奈は通勤中の駅のホームで過呼吸を起こしてから、うまく外出できなくなる。母親は甘えだと彼女を責める。香奈は「白蛇洞」という骨董の店に小さい頃から親しんでおり、店主の香りに安心感を得ている。それは「麝香のような沈香のような」「深い森や苔や土を連想させる香り」だ。麝香はムスクともいい、ジャコウジカの雄から採れアニマルノートに分類される。沈香は香道で使われる幽玄の香り。熱帯雨林の樹々から悠久の時を経てできる沈香は、正式には沈水香木――水に沈む香りの木という意味で古くは水の流れによってやってきたとされ、店主の来歴がそれとなくにおわせられている。香奈は豆柴の仔犬と出会うことで、母親の支配に気づく。母親からの抑圧を描いた『放蕩記』を彷彿とさせるが、題名の「輪廻」の意味と蠱惑的な雰囲気は『ダンス・ウィズ・ドラゴン』にも通ずるものがある。支配からのゆるやかな逸脱が描かれている。

最終話の「TSUNAMI」は、現代日本に生きる人ならば忘れることのできない災害の次の日の物語だ。いまだ余震が続く中で、テレビは人や街を容赦なく呑み込む津波を映し続ける。「目の前で今まさに人の命が失われていき、それをただ茫然と口をあけて見ているしかない」状況で、主人公はいまにも命の火が消えそうな愛猫のそばにいる。そこに昔ひどい裏切りをして去っていった元恋人がやってくる。主人公は祖母の秘密の純愛を思いだす。病気の猫の尿臭、慌ただしく繋がった陰部の匂い。死がすぐそばにある状況では、普段は臭いものと蓋をするような生身の臭いがすがりつきたいくらい安心する匂いへと変わるのだろう。愛猫を抱えてダイニングテーブルの下へ逃げ込んだ主人公が放つ言葉が潔く勇ましい。

どの短篇でも女性たちは選んでいる。感覚を頼りに自分の生きる道を選択する。これが最後と思っても、生きようともがき、自分以外の存在を精一杯に愛そうとする。「サンサーラ」の香奈は何度も生まれかわっては愛する人を探す。

嗅覚は本能にもっとも忠実な感覚だ。後ろ指をさされるような選択であったとしても、欲する匂いに手を伸ばす人の姿は生命力にあふれている。村山由佳さんの作品にはそういった人々を見守る腹のすわった優しさがある。

――大丈夫。この不平等な世界はとても美しい。
そんな声が聞こえてくる、かぐわしい物語たちだ。

（平成三十年九月、作家）

この作品は平成二十八年三月新潮社より刊行された。

江國香織著　ちょうちんそで

雛子は「架空の妹」と生きる。隣人も息子も「現実の妹」も、遠ざけて——。それぞれの謎が繙かれ、織り成される、記憶と愛の物語。

小川洋子著　いつも彼らはどこかに

競走馬に帯同する馬、そっと撫でられるブロンズ製の犬。動物も人も、自分の役割を生きている。「彼ら」の温もりが包む8つの物語。

小川糸著　サーカスの夜に

ひとりぼっちの少年はサーカス団に飛び込んだ。誇り高き流れ者たちと美味しい残り物料理に支えられ、少年は人生の意味を探し出す。

角田光代著　私のなかの彼女

書くことに祖母は何を求めたんだろう。母の呪詛。恋人の抑圧。仕事の壁。全てに抗いもがきながら、自分の道を探す新しい私の物語。

角田光代著　笹の舟で海をわたる

不思議な再会をした昔の疎開仲間は、義妹となり時代の寵児となった。その眩さに平凡な主婦の心は揺れる。戦後日本を捉えた感動作。

金原ひとみ著　マザーズ
ドゥマゴ文学賞受賞

同じ保育園に子どもを預ける三人の女たち。追い詰められる子育て、夫とのセックス、将来への不安……女性性の混沌に迫る話題作。

辻村深月著　盲目的な恋と友情

まだ恋を知らない、大学生の蘭花と留利絵。やがて蘭花に最愛の人ができたとき、留利絵は。男女の、そして女友達の妄執を描く長編。

津村記久子著　とにかくうちに帰ります

うちに帰りたい。切ないぐらいに、恋をするように。豪雨による帰宅困難者の心模様を描く表題作ほか、日々の共感にあふれた全六編。

西加奈子著　窓の魚

私たちは堕ちていった。裸の体で、秘密の心を抱えて——男女4人が過ごす温泉宿での一夜と、ひとりの死。恋愛小説の新たな臨界点。

西加奈子著　白いしるし

好きすぎて、怖いくらいの恋に落ちた。でも彼は私だけのものにはならなくて……ひりつく記憶を引きずり出す、超全身恋愛小説。

林真理子著　アスクレピオスの愛人
島清恋愛文学賞受賞

マリコ文学史上、最強のヒロイン！　エボラ出血熱、デング熱と闘う医師であり、数多の男を狂わせる妖艶な女神が、本当に愛したのは。

深沢潮著　縁を結うひと
R-18文学賞受賞

在日の縁談を仕切る日本一の「お見合いおばさん」金江福。彼女が必死に縁を繋ぐ理由とは。可笑しく切なく家族を描く連作短編集。

ワンダフル・ワールド

新潮文庫　む－20－1

平成三十年十一月一日発行

著者　村山由佳（むらやまゆか）

発行者　佐藤隆信

発行所　株式会社新潮社

郵便番号　一六二－八七一一
東京都新宿区矢来町七一
電話　編集部（〇三）三二六六－五四四〇
　　　読者係（〇三）三二六六－五一一一
http://www.shinchosha.co.jp

価格はカバーに表示してあります。

乱丁・落丁本は、ご面倒ですが小社読者係宛ご送付ください。送料小社負担にてお取替えいたします。

印刷・大日本印刷株式会社　製本・株式会社植木製本所

ISBN978-4-10-100341-2 C0193